U0450464

本书系山东大学人文社科青年团队项目《海内外文化论争中的"莫言现象"研究》之《法语世界中的"莫言现象"及其文化论争》(项目编号 IFYT18003)的阶段性成果

莫言作品在法国的译介研究

陈 曦 著

山东大学出版社

图书在版编目(CIP)数据

莫言作品在法国的译介研究/陈曦著.—济南：
山东大学出版社,2019.12
ISBN 978-7-5607-6598-3

Ⅰ.①莫… Ⅱ.①陈… Ⅲ.①莫言－小说－法语－文学翻译－研究 Ⅳ.①I207.42②H325.9

中国版本图书馆CIP数据核字(2020)第003861号

责任编辑:狄思宇
封面设计:张 荔

出版发行:山东大学出版社
    社 址 山东省济南市山大南路20号
    邮 编 250100
    电 话 市场部(0531)88363008
经 销:新华书店
印 刷:济南华林彩印有限公司
规 格:720毫米×1000毫米 1/16
    8.25印张 120千字
版 次:2020年1月第1版
印 次:2020年1月第1次印刷
定 价:36.00元

版权所有,盗印必究
凡购本书,如有缺页、倒页、脱页,由本社营销部负责调换

前　言

近年来，随着中国经济的快速腾飞，全球化进程不断加快，中外文化交流互动不断加强，文化的地位和作用更加凸显。如何提升中国文化软实力成为当下需要迫切解决的重大课题。特别是和中国日益强大的综合国力相比，提升中华文化及中国文学在世界影响力的任务十分艰巨。鉴于此，党和国家审时度势，提出提升国家文化软实力、提高国际话语权、讲好中国故事、传播好中国声音的重要方针，而对外译介中国文学就是其中一条重要的途径。如今，中国文化"走出去"的国家战略越来越受到重视。作为中国文化的重要载体，中国文学应适时走向国际文化市场、深度参与国际文化交流。特别是中国作家莫言获得2012年度诺贝尔文学奖，由此引发了国内学界有关中国文学对外译介与传播的再思考，中国当代文学在海外的译介研究和中国文化"走出去"再次成为热点话题。

无论从何种角度看或是运用何种评判标准来看莫言，他都是中国最富活力、创造力和影响力的作家之一，无论是在国内还是国外，都享有崇高的声誉。莫言以视角独特、题材广泛、内容深刻、语言犀利以及想象狂放、叙事磅礴的写作风格在新时期以来的中国文学创作中独具魅力，成为被海外译介最多、获得国际文学奖项最多的中国当代作家，莫言的作品日益受到外国汉学界、翻译界、出版界和海外读者的重视与青睐。

中法两国都具有悠久的历史和灿烂的文化，两国间的文化交流源远流长。法国作为欧洲汉学之都和中国当代文学海外译介的重镇，对中国当代文学的海外译介起着重要的枢纽作用。法国是除中国本土以外出版莫言作品最多的国家，在法国，莫言被称为"最受法国读者欢迎的中国当代作家"。截至2018年年底，莫言共有20部作品法译本单行本、4部合集和1部随笔得以出版，莫言的作品当之无愧地成为法国出版界、汉学界和读者争相追逐的目标。

本书采取宏观叙述与微观分析相结合的写作方法，既对中国当代文学在法国的译介做全景式宏观的描述，又以诺贝尔文学奖得主莫言的作品在法国的译介与接受为个案展开分析研究，便于读者真实地了解以莫言为代表的中国当代文学在法国的译介现状，并通过对译介得失的总结，为中法两国文学互动交流以及中国文化"走出去"的国家战略提供有益的参考和合理化建议。

本书共分六章。第一章先对法国对于新时期中国文学的译介做总体性描述，重点以体裁的单一性、译介的系统性、译介的偶然性和选题的新颖性展开分析；第二章梳理莫言作品在法国的译介历程，从莫言的第一部法译作品《枯河》的译介到其代表作《红高粱》在法国译介后引起的轰动、2004年作为中法文化年活动之一的巴黎图书沙龙的举办，莫言的作品得到大规模系统的译介，再到2012年莫言获得诺贝尔文学奖之后，莫言作品得到持续译介；第三章介绍法国目前主要从事中国当代文学译介的著名汉学家以及莫言作品的主要译者情况及他们的译介策略，同时分析莫言作品法译过程中的困难及多样化的翻译模式；第四章介绍法国出版中国当代文学的出版社及莫言作品的主要出版社：瑟伊出版社、毕基耶出版社和南方书编出版社；第五章从莫言作品在法国的学术研究、主流媒体、译者、出版人和普通读者的视角看其作品在法国的接受现状；第六章从作家、译者、出版人和学者四个层面透视中国当代文学在法国译介的困境与出路。附录部分有莫言作品及其他中国当代作家作品的法译本统计表，以期能让读者对法国译介中国当代文学的现状有个宏观的把握，同时可为从事中国文学外译的专家和学者提供基础性参考资料，还有改编成获奖电影的作品法译本统计表，可以看出电影在中国文学外译中也扮演着十分重要的功能。

本书的写作借鉴了许多前人的优秀成果，对引用到的专家和学者表示衷心感谢。由于时间仓促，错误在所难免，希望专家学者不吝赐教，本人将虚心接受，并不胜感激。

作　者

于山东济南

2020年1月

目 录

第一章 中国当代文学在法国的译介 ································ 1

    第一节 体裁的单一性 ································ 3

    第二节 译介的系统性 ································ 4

    第三节 译介的偶然性 ································ 5

    第四节 选题的新颖性 ································ 7

第二章 莫言作品在法国的译介历程 ································ 9

    第一节 拓荒期(1988~2004) ································ 10

    第二节 辉煌期(2004~2012) ································ 13

    第三节 平稳期(2012年至今) ································ 15

第三章 莫言作品在法国的翻译 ································ 16

    第一节 汉学家——中法文化的摆渡者 ································ 17

    第二节 诺埃尔·杜特莱(Noël Dutrait) ································ 20

    第三节 尚德兰(Chantal Chen-Andro) ································ 21

    第四节 林雅翎(Sylvie Gentil) ································ 21

第五节　翻译的困境 …………………………………………… 22

第六节　翻译模式的多样性 …………………………………… 26

第四章　莫言作品在法国的出版 …………………………………… 28

第一节　中国当代文学在法国的出版现状与困境 …………… 28

第二节　瑟伊出版社（Editions du Seuil）
　　　　——"诺奖"得主莫言作品的主要出版社 …………… 30

第三节　菲利普·毕基耶出版社（Philippe Picquier）
　　　　——中国文学走向世界的桥头堡 ……………………… 31

第四节　南方书编出版社（Actes Sud）
　　　　——中国当代文学的欧洲伯乐 ………………………… 32

第五章　莫言作品在法国的接受 …………………………………… 34

第一节　法国有关莫言作品的学术研究 ……………………… 35

第二节　主流媒体对莫言作品的评论 ………………………… 39

第三节　译者对莫言作品的评论 ……………………………… 44

第四节　出版人对莫言作品的评论 …………………………… 45

第五节　普通读者对莫言作品的评论 ………………………… 45

第六章　中国当代文学法译的困境与出路 ………………………… 48

第一节　作家谈 ………………………………………………… 49

第二节　译者谈 ………………………………………………… 53

第三节　出版人谈 ……………………………………………… 56

第四节 学者谈 ··· 57
结　语 ··· 60
参考文献 ··· 62
附录一　莫言作品法译本统计表 ···································· 69
附录二　改编成获奖电影的作品法译本统计表 ················· 73
附录三　中国当代作家作品法译本统计表 ······················· 78
后　记 ··· 120

第一章　中国当代文学在法国的译介

　　新时期以来，中国当代文学以其强烈的批判精神和创新风格日益受到法国汉学界、出版界和某些读者群的关注。中国作家也以更加成熟和多元化的写作丰富了世界文学，优秀文学作品中对人类共同情感和心理的描写，对中国社会转型期中痛苦与欢乐的表现以及作品所呈现出的想象力和爆发力，都能够真正打动海外读者的心。

　　法国作为欧洲汉学之都，是全世界出版外国文学作品数量最多的国家，一直以来对中国文学的译介和出版保持极大热情。中国当代文学在法国的译介与传播如同其他事物一样，都要经历一个拓荒期、辉煌期和平稳期的过程。自20世纪70年代末起，随着中国改革开放政策的实行，法国汉学界将关注的重点放在新时期文学上。初期得到译介的作品常常被当作是一种社会认知材料，被给予了更多的政治参照。进入八九十年代，随着法国几家专事中国乃至亚洲文学出版的小型出版社的相继成立（如毕基耶出版社、南方书编出版社以及中国蓝出版社等）以及国际知名导演执导的改编自同名小说的电影在海外的大放异彩以及某些作家在国外的频频获奖，中国当代文学在法国的译介进入到辉煌期，得到译介的作家作品更加丰富，体裁也更加广泛，进而法国读者对中国当代文学的认知和了解得到进一步加强。此外，法国出版界为商业价值考虑，更愿意出版一些在中国社会引起巨大争议，受到媒体关注，并且颠覆西方公众对中国认识的作品。可以说，中国当代文学作品所具有的非文学功能在一定程度上推动了它在法国的译介。2000年以后，随着中法关系的良好互动、中法文化年的顺利举行，安妮·居里安女士创办的"两仪文舍"平台也为中法两国作家搭建了有效的交流平台，更难能可贵的是一支专门从事中国当代文学翻译、教学和研究的汉学家队伍的出现，使得中国当代文学在法国的译介呈现一派繁荣的景象。众多以严肃写作为代表的作家的作品得到译介，有着类型文学气质的作品或网络文学作品也得到译介。"70后""80后"作家的作品也受到关注。译本的数量达300多部，体裁以小说为主，同时涉及诗歌、散文和戏剧。作品的译介也呈现出系统化、规模化的趋势。法国汉学界和出版界对于中国当代文学作品的选择更多地表现出"文学性"的追求，突出"文学审美"，弱化意识形态的解读。在这种理念的引导下，许多非严肃文学类型的作品得以译介。另一个趋势是法国在译介中国文学的同时，更注重"大中国"的概念，即许多汉学家在这一时期也关注并开始译介港澳台地区文学以及海外以中英文书写的华裔作家的作品，虽然这些地区的文学有着强烈的地缘书写的特征，然而作品中总是以中国社会的发展作为背景进行叙事创作，这无疑拓展了法国读者对中国社会的认知。此时的中国当代文学在法国的译介与传播呈现出多点开花的局面，进入到平稳期。

但从译介的作家及作品数量来看，虽然相较拉美文学、日本文学在法国的译介还有距离，但终究中国当代文学在法国的译介已呈现出规模化、系统化的趋势。然而对比中国作家协会9000多人的会员数量，作品被译介到法国的中国当代作家不足300位；另外，中国文学的输出与西方文学输入的巨大逆差也是不争的事实，因此中国文学走向世界的进程依然举步维艰，未来的路还很长，需要各方面人士的进一步参与，才会使中国文学"走出去"的国家战略真正得到落实。此外，法国乃至西方读者在阅读中国文学作品时并非仅仅抱有文学审美的心态，常常伴随着对中国社会现实的了解欲望，意识形态的解读在一段时间内难以消除。文化的巨大差异以及欧洲中心主义的作祟，"在法国主流社会对中国现当代文学的接受中，作品的非文学价值受重视的程度要大于其文学价值，中国文学对法国文学或其他西方文学目前很难产生文学意义上的影响"[①]。毕竟文学世界与现实世界还是存有差别，要弥合认知谬误和文化鸿沟，还需要中外文学更加切实的互动与沟通。

[①] 许钧：《我看中国现当代文学在法国的译介》，《中国外语》2013年第5期。

第一节 体裁的单一性

中国当代文学在法国译介的四十年历程中,小说和诗歌占据重要位置,得到译介的戏剧、随笔和散文较少。进入新千年以后,得到译介的中国的绘本、连环画等的数量明显增加。在小说范畴里,严肃文学和非严肃文学作品都有大量的译介,得到较多译介的作家主要有莫言、余华、刘心武、池莉、王安忆、贾平凹、阎连科、阿城、刘震云、毕飞宇、苏童、迟子建等。这些出生于20世纪五六十年代的作家正值创作的高峰期,写作技法纯熟,尤其是他们亲身经历过"文革"、知青上山下乡和改革开放以来国家发生的翻天覆地的变化,因此创作出来的作品既有厚重的历史感,又有对当代中国发展进程中出现系列问题的深度思考。这是他们能够引起法国汉学界和出版界关注的重要原因。小说占绝对优势的出版现状并非偶然。小说作为一种文学体裁,由于其故事性、可读性、趣味性及丰富性等特征受到读者的青睐。此外,法国普通读者爱好小说这一文学形式有其历史渊源。在17世纪的法国,戏剧是主流,小说则被看成低等文学,上流社会和贵族只喜欢戏剧和诗歌,小说则成为普通百姓的阅读选择。18世纪以来,小说越来越平民化,巴尔扎克、莫泊桑、左拉等都出生在这一时代。时至今日,小说仍是法国人阅读的主要文学体裁。读者的阅读倾向为出版体裁的选择指明了方向,法国出版界为小说出版提供了广阔市场。

在诗歌领域,兴起于20世纪70年代末80年代初的朦胧诗派,代表人物有北岛、顾城、江河、食指、芒克、杨炼、海子、林莽、多多、王小妮等,他们的诗作在法国都得到了译介。新时期里出现的诗人如翟永明、韩东、吉狄马加、孟明、宋琳、绿原、洛英、马德升、周云鹏、树才、格非、刁斗、柏桦、宇向、朱朱、张枣、西川、端智嘉、万玛才旦、王以培、西渡、于坚等,也均有诗集单行本在法国出版。

新时期以来,法译中国当代诗歌与小说译介一样,经历一个由政治化的文学视角变为纯文学的选择,从政治层面的观照上升到艺术层面探讨的过程。法译中国当代诗歌肇始于对"西方派"诗人诗作译介,"朦胧诗派"诗人的诗作是 20 世纪八九十年代法国汉学界重点译介的内容。2000 年以后的中国当代诗歌法译走向深入,各种类型、风格的诗作都有译介,且诗人诗作法译本的单行本数量增加明显。

在法国汉学界,对于中国当代诗歌法译作出巨大贡献的代表性人物主要有卢瓦夫人(Michelle Loi)、艾梅里(Martine Vallette-Hémery)、尚德兰(Chantal Chen-Andro)、达尔斯(Isild Darras)、安妮·居里安(Annie Curien)、闵飞霞(Catherine Vignal)等,以及华裔翻译家黄育顺(Ng Yok-Soon)、沈大力、董纯和巴黎第七大学的徐爽等。

虽然新时期中国许多质量上乘的诗歌已被译介到法国,但相较小说、古典诗歌在法国的译介而言,当代诗歌在法国乃至全世界的传播和接受度依然不高,要想在世界文学之林中占据一席之地,仍需几代人的共同努力。但是我们完全有理由相信,中法文化交流的日益深入与彼此丰富,必将为中国当代诗歌更为广泛地走向法国,乃至全球提供更加广阔的平台。此外,中国诗人要迎接挑战,解构不平等话语上的权力——知识体系,摆脱构建在西方叙事上的文化观念,重新定义"现代性",确立本土的诗歌个性。

第二节 译介的系统性

中国当代文学作品的法译呈现系统化特色,即法国出版社持续追踪和系统译介某一位中国作家的作品。如 2012 年诺贝尔文学奖得主莫言的作品基本上是由瑟伊出版社出版,该社系统出版了他的重要代表作《十三步》《酒国》《铁孩》《丰乳肥臀》《檀香刑》《四十一炮》《生死疲劳》《蛙》等,特别是自 2010 年以后,莫言的《蛙》《牛;三十年前的一次长跑比赛》《变》《红高粱家族》《超越故乡》《幽默与趣味;金发婴儿》《食草家族》《战友重逢》以及合集《白狗秋千架》等都是由瑟伊出版社出版发行;阎连科的十部作品法译本均由毕基耶出版社出版;阿城的重要作品《三王》《迷路》《九十年代》以及《闲话闲说:中国世俗与中国小说》均由黎明出版社出版;迄今为止,贾平凹在法国出版的四部作品《五魁》《废都》《土门》和《带灯》均由斯托克出版社(Stock)出版;法国南方书编出版社持续追踪张辛欣和池莉的作品,出版了池莉的九部作品和张辛欣的六部作品;中国蓝出版社则持续关注作家刘震云的作品,自 2000 年以来,该社已陆续出版了他的《官人》、合集《单位:一地鸡毛》《温故一九四二》《一句顶一万句》《我不是潘金莲》和《手机》;而以描写上海见长的女作家王安忆的作品则由毕基耶出版社负责出版,如《香港的情与爱》《长恨歌》《小城之恋》《荒山之恋》《锦绣谷之恋》《寻找上海》和《月色撩人》等。余华的作品《世事如烟》和《河边的错误》以合集的形式在毕基耶出版社出版,《活着》则在法国袖珍出版社(Le Livre de poche)出版。之后余华作品的出版转移到了以出版外国文学见长的南方书编出版社(Actes sud)。《许三观卖血记》《古典爱情》《在细雨中呼喊》《一九八六年》《兄弟》《十八岁出门远行》和《十个词汇里的中国》等作品也陆续在此出版社出版。苏童的主要作品如《红粉》和《我的帝王生涯》由毕基耶出版社出版,而《米》和《碧奴》则由弗拉马利翁出版社(Flammarion)出版;迟子建的作品主要由毕基耶出版社和中国蓝出版社出版;毕飞宇的七部作品法译本中,有六部在毕基耶出版社出版,只有《雨天的棉花糖》在南方书编出版社出版;刘心武的九部作品中,有八部在中国蓝出版社出版,只有《如意》在巴黎友丰出版社(You-Feng)出版发行。

第三节 译介的偶然性

获得国内外重要文学奖项的作品、改编自同名小说的电影的成功以及在国内极具争议性和轰动性的作品成为法国出版界决定引进、出版和翻译的准绳。新时期以来,无论从严肃文学到通俗文学,从成人文学到儿童文学,从现实文学到科幻文学,中国文学已在世界文坛崭露头脚,中国作家频频走向世界文坛的最高领奖台。贾平凹凭借《废都》荣膺 1997 年度的"菲米娜外国作品奖"(Fémina)①,山东籍作家莫言斩获 2012 年诺贝尔文学奖,2015 年科幻文学作家刘慈欣凭借《三体》获得科幻文学最高荣誉雨果奖,儿童文学创作巨匠曹文轩摘得儿童文学的最高奖——国际安徒生奖,毕飞宇荣获亚洲布克曼文学奖和法国《世界报》文学奖,苏童、王安忆等也曾获国际布克奖提名等。中国作家频频获奖,在某种程度上大大增加了中国文学的"国际能见度",吸引了海外汉学界和出版界的目光,为他们作品的海外译本的出版打下良好的基础。改编自同名小说的电影在海外电影节上的巨大成功,也促使海外汉学界开始关注其同名小说,并尽早推出海外译本。例如,莫言的小说代表作《红高粱家族》被张艺谋改编成电影《红高粱》并在柏林电影节获得金熊奖以后,法国的翻译出版界迅速将其翻译成法文,从此莫言的作品在法国得以迅速译介;再如王安忆的代表作《长恨歌》,被关锦鹏改编成同名电影《长恨歌》,在 2005 年获得威尼斯电影节欧洲艺术交流奖后,该作品也拥有了法译本,且销售量极高;余华的《活着》被张艺谋改编成同名电影后在法国也获得巨大成功;苏童的《妻妾成群》被张艺谋改编成电影《大红灯笼高高挂》后在法国亦反响强烈。李晓的《门规》凭借张艺谋的《摇啊摇,摇到外婆桥》的上映、李碧华的《霸王别姬》因陈凯歌的同名电影的鹊噪,无不迅速地有了法译本,普通本出版不久便改出了袖珍本。莫言在接受记者采访时曾经说:"实事求是地说,中国文学走向世界,张艺谋、陈凯歌的电影起到了开路先锋的作用。最早是因为他们的电影在国际上得奖,造成了国际影响,带动了国外读者对中国文学的阅读需求。各国的出版社都很敏感,他们希望出版因电影而受到关注的文学原著,我们的作品才得以迅速被译介。"②至于在国内充满争议的或极具轰动性的作品,如阎连科的系列作品,因主题的敏感性在国内出版屡屡遭禁,贾平凹的《废都》因大段露骨的性描写也是争议极大,年轻作家中卫慧、棉棉以及网络作家木子美等所谓以"身体写作"的年轻女作家的作品也是饱受争议与批评。然而这些作品恰恰因争议性而在法国得到迅速译介。

---

① 法国最重要的国际性小说奖项之一,自 1985 年开始,每年颁发给一部有法语译本的外国小说。贾平凹凭借《废都》获得该奖,是第一位获得该奖的中国作家。
② 术术:《莫言、李锐:"法兰西骑士"归来》,载 2004 年 4 月 15 日《新京报》。

第四节 选题的新颖性

法国汉学界对中国当代文学作品各种题材兼容并蓄,表现出一种多价值取向的特点。他们对中国最新文学的关注充分表明其眼光的敏锐性以及与中国当代文学发展的同步性,他们力求第一时间反映中国当代文学的发展面貌。他们不仅关注内地如莫言、余华、苏童、王安忆等中生代作家,年轻一代的作家,如韩寒、郭小橹等同样受到青睐。近年来法国汉学界开始更多地关注港澳台地区的年轻作家以及海外华人作家的作品,如山飒、戴思杰、应晨、薛欣然等。他们就是着眼于"大中华"的概念,通过译介寻求更新颖的选题,进而真实了解中国文学的真正内涵和诗学特征。

"法国翻译界近年相当重视跟踪中国最新的文学作品,译介了大量在题材上具有强烈时代感或地域特色,在思想内涵上具有对人性本质的深刻剖析、凝聚着东方哲学精髓,在艺术手法上有所突破创新或具有鲜明个性特征的中国当代作家作品。"①法国译介对"寻根文学"以及反映中国古老或各地风土人情的作品略有偏爱。《长恨歌》中王安忆用诗意的、轻柔的语言把主人公的命运与上海这座城市的历史有机交融在一起,同时尖锐地回顾了搅动城市的历史事件;池莉笔下的武汉吉庆街和著名的"鸭脖子"、莫言深藏内心的"高密东北乡"、张承志融大西北和蒙古草原回民勇悍刚毅及诗情画意于一体的作品以及迟子建集中国极北疆域古风底蕴与今人情意为一身的作品等等。

但是,法国翻译界对"新现实主义"以及描写当今中国社会城市农村各种变化的作品也给予了相当的关注,更难能可贵的是,对某些在心理、语言、形式等方面勇于探索的作品也能一视同仁,频有介绍,零散之中亦不失面面俱到,较全面地反映了中国当今文坛的丰繁迭更。莫言的小说大都有着精心的结构,《丰乳肥臀》就展示了作者驾驭作品的能力。作品在前六章重点塑造一位可怜的母亲形象,重点描述她在逆境中痛苦挣扎,顽强地抚育自己的孩

---

① 李朝权:《中国当代文学对外译介成就概述》,载 2007 年 11 月 6 日《文艺报》。

子。第七章开始展开回忆,讲述这位母亲的身世、出生、成长、出嫁,最后为了传统的子嗣观念迫使她同不同的男人睡觉。作者有意识地这样安排结构,更为了突出母亲这个角色曾经受到怎样的摧残,突出地表现了母亲坚韧、伟大的形象。《酒国》则是一个空前绝后的实验性文体。其思想之大胆,情节之奇幻,人物之鬼魅,结构之新颖,都超出了法国乃至世界读者的阅读经验。杜特莱教授也谈过他开始翻译莫言作品的情况。他看了莫言翻译成法文的《红高粱》,很喜欢里面的那种呼吸(气魄)。这在中国文学里是非常独特的,而且他描写的是真正的农民。至于《酒国》,他很喜欢作家的写作技巧,比如小说里的小说、侦探小说的味道,还有对鲁迅风格的模仿,还有他的幽默,以至于翻译时经常哈哈大笑。

法国翻译出版界不仅关注名气大的中国作家,同时也关注一些所谓的"边缘性"作家或"以身体写作"的作家等。比如老牛的《不舒服》,被称为"晚生代""新新人类女作家"的卫慧的《上海宝贝》,还有中国当代新生代作家棉棉的《糖》和《黄酸情人》等。近年来法国翻译出版界也开始更多地关注港澳台的作家以及华人作家及其作品。在九丹的《乌鸦》和卫慧的《上海宝贝》之类的小说里,法国人看到的不是美女作家,也不是其中的"身体写作"。一位文学评论家说道:在我看来,《上海宝贝》以及其他"美女作家"的成功与其说是归功于其文学价值,不如说是由于中国社会对其过于强烈的反应。正因为这些书是年轻女人写的,她们笔下所描述的人和事与中国传统观念的冲突就被放大,是对女性应有的形象规范的一种冲击。总之,中国当代文学在法国的译介对各种题材兼容并蓄,表现出一种多价值取向的特点。

第二章 莫言作品在法国的译介历程

莫言同其他许多中国当代作家一样,其作品海外译本的出版得益于国内外重要奖项的获得以及改编自同名小说的电影在国外的大放异彩。

作为中国内地最具活力、最具创造力的作家之一,莫言在国内外早已久负盛名,作品被译成多国文字出版。莫言除了获得过内地的"茅盾文学奖""华语文学传媒大奖年度杰出成就奖""大家·红河文学奖"及中国香港的"红楼梦奖"、中国台湾的"《联合报》文学奖"等,也在国际上斩获不少文学艺术类的奖项,如法国"儒尔·巴泰庸文学奖""日本福冈亚洲文化大奖"、意大利"诺尼诺国际文学奖"[①]、美国"纽曼华语文学奖"[②]以及2012年度诺贝尔文学奖等。

此外改编自同名小说的电影在国外的巨大成功,也是推进许多包括莫言在内的中国当代作家作品在海外译介的重要因素。因为著名导演张艺谋改编自莫言同名小说《红高粱家族》的电影《红高粱》在1988年的德国柏林电影节上斩获最高奖——金熊奖,莫言从此进入法国汉学界、出版界的视野,其作品才被持续地、系统地翻译成法文得以出版。由此可见,电影在推动中国当代文学海外译介中起到十分重要的作用。像莫言一样,中国作家王安忆、毕飞宇、苏童、余华、李碧华、刘震云等都是通过改编自同名小说的电影才引起

[①] 诺尼诺国际文学奖由诺尼诺家族在1984年创立,该奖只颁发给非意大利籍的文学家。2005年莫言获此殊荣,以表彰他在描绘中国农村千百年来的传统方面的杰出表现。此外中国作家阿城和诗人杨炼也分别于1992年和2012年获得该奖。

[②] 美国纽曼华语文学奖是美国境内第一个为华语文学设立的奖项。2008年,莫言凭借《生死疲劳》斩获第一届纽曼华语文学奖。获得该奖的中国当代作家还有韩少功、杨牧、朱天文、王安忆、西西。

法国汉学界和出版界的关注并得到译介的。有关此类作家的信息请参看文后附录（二）。

自 1988 年《枯河》被首次译介到法国，到 2018 年 12 月，莫言共有约 30 部作品已经拥有了法译本，成为作品被译成法文最多的中国当代作家，在法国享有很高的知名度，也拥有了一定数量的读者。法文译本对于莫言作品在国际上的传播起到了相当大的作用。被公认为"优雅""富有表现力"的法语在世界文学领域具有相当高的使用和阅读频率。诺贝尔评奖机构——瑞典皇家学院的院士们据说普遍通晓法语，能直接阅读法文作品，这在一定程度上助推了莫言获得诺贝尔文学奖。

作为世界上出版外国文学作品数量最多的国家，法国对莫言作品的关注和译介是怎样的历程？回顾这一历程，我们可以清晰地看到中国文学在域外传播过程中的真实现状与所遇困难与瓶颈。莫言作品在法国的译介经历了拓荒期、辉煌期以及平稳期三个阶段。

第一节 拓荒期（1988～2004）

莫言的第一本法译本作品是《枯河》，收录在 1988 年阿里内阿出版社（Alinéa）出版的《重见天日：1978～1988 年中国短篇小说集》①之中。该合集的出版是对法国国家图书中心（Centre national du livre）启动的一项计划——外国美人（Les Belles—étrangères）的回应。该计划含有两层意思：一个是美丽的外国文学，一个是美丽的妇女。意思是说法国非常荣幸地欢迎从国外来的美丽的文学或女性。自 1987 年起，法国国家图书中心每年会邀请某一国家的作家团或使用同一种语言进行文学创作的作家团来法参

---

① *La Remontée vers le jour , nouvelles de Chine（1978-1988）*, préface de Claude Roy, trad. par Baiyun, Jean-Philippe Béja, Isabelle Bijon, Rosalie Casella, Chantal Chen-Andro, Cheng Yingxiang, Annie Curien, Jacques Dars, Noël Dutrait, Gao Changhui, Constance-Hélène Halfon, Michelle Loi, Alain Peyraube, Paul Poncet, Danièle Turc-Crisa, Wu Yen et Yam Cheng, Aix-en-Provence, Alinéa, 1988.

与文学交流与对话,目的在于让法国读者认识更多异域作家,增进相互了解,催生更多作品的法文译本。1988 年,该计划邀请来自中国的阿城、北岛、白桦、张抗抗、芒克、韩少功、陆文夫、张贤亮、刘心武、张辛欣等十三位作家、诗人和学者赴法参加该活动。《当代外国文学精粹·中国专刊》对这些位受邀作家的生平、主要作品、创作风格、已获译介的法译本做了详细的介绍。正是源于这项计划,法国出版界随后紧密跟踪中国最新的文学作品,开始译介大量在题材上具有强烈时代感或地域特色,在思想内涵上具有对人性本质的深刻剖析、凝聚着东方哲学精髓,在艺术手法上有所突破创新或具鲜明个性特征的中国当代作家作品。在该合集里得到译介的作家,如阿城、韩少功、莫言、王蒙等就是在该合集出版后才开始受到法国汉学界关注并得到持续译介的。

而莫言真正引起法国汉学界和出版界注意的是小说《红高粱》法译本的问世,该部作品法译本得以面世,源自于张艺谋导演根据其小说改编的同名电影在柏林电影节上的大放异彩,电影《红高粱》获得金熊奖,从而促进了法国汉学界译介并出版同名小说的愿望。《视点》报专访林雅翎①(《红高粱》的法译本译者)时,她解释了选择翻译莫言作品的原因。她认为:"莫言是最早完全脱离寻根派作家的中国作家之一,莫言选择书写另一个时代,即 20 世纪 30 年代发生在高密东北乡的故事。《红高粱家族》在我看来超脱了命运,是一个具有真实性人物,且构思精妙的一部作品。"②从莫言身上我们看到,中国电影因其创造的独特形象,在使法国公众接受中国当代文学时起到了不容置疑的作用。由于电影《红高粱》的上映,观众看到了影片中所展示的一切。"《红高粱》被安置在刺眼的红色之中,这红色就是中国传统婚礼的颜色,酒的颜色,血的颜色,还有男性的阳刚。很难抗拒这舒缓的图像伴随着喇叭和锤

---

① 林雅翎(Sylvie Gentil):法国著名汉学家,被称为莫言背后的"翻译女神"。翻译了莫言的《红高粱》《十三步》和《红高粱家族》。她还翻译了冯唐、虹影、棉棉、徐星、阎连科等作家的作品。

② Caroline Puel, *Vous voulez le Nobel? Publiez en français！*, le Point, le 19 octobre 2012.

击的声音。一个弱女子在叹息声中彻底释放野性,既充满激情又略显腼腆。镜头此时离开被风吹拂的高粱。"①《世界报》评论说:"《红高粱》是一次对莫言记忆天地的探寻,这是个野蛮、神秘的地方,弥漫着沼泽地的雾气,土匪和鳝鱼频繁出没。莫言在这里施展开他极具感言性的写作,水与光、闪电与烁光、喘息声与撕裂声、令人眩晕的香气充盈其间。……莫言在这片被浸染的田野里,尝试了贯穿他所有作品的叙事技巧。"②法国读者无不为这充满异国情调的画面所震撼,法国的出版界从此开始关注莫言,关注其作品。

在 20 世纪八九十年代,随着法国几家专营外国文学翻译的出版社的经营日渐成熟,以及《红高粱》《大红灯笼高高挂》《黄土地》《霸王别姬》等根据小说改编的中国电影在欧洲热映,对中国文学的翻译出版起了推波助澜的作用。在短短不到十年的时间里,中国文学把黄土地上的红灯笼和改革开放以后翻天覆地的变化同时呈现在西方人面前,令他们应接不暇。西方读者在阅读中国文学作品时还抱着寻找具有中国特质的异域情调的猎奇心态。这个时期中国文学在法国的呈现好似一个大拼盘,涵盖的作家数量相当多,这在当时是一种无奈的策略。出版社一般是在好奇心驱使下试探着出版一两本中国文学作品,很少有出版社持续追踪一个中国作家或出版同一作家的两本以上的作品,中国大多数作家的作品也几乎没有再版甚至重印。待这股译介中国当代文学的浪潮退去,如果说一些读者对苏童、莫言还有印象,多是因为他们的作品改编成了电影。而陆文夫的《美食家》则对了崇尚美食的法国人的口味,成为畅销书,除此之外,书店再难见到其他 20 世纪 80 年代中国作家的作品。

继《红高粱》出版之后,法国出版界先后出版了莫言的《天堂蒜薹之歌》《筑路》《透明的红萝卜》《罪过》③和《十三步》。这一时期莫言作品的译介呈现凌乱无序的状态,具体表现为六部作品分别由六家出版社出版,且译者也不固定。但这种无序的出版又同时表明,在 20 世纪 90 年代里法国汉学界对

---

① Nagel Miller, la critique TV de TELERAMA du 26 mars 2001.
② Frédéric Bobin, *Mo Yan*, *La Chine entre les lignes*, le Monde, le 18 août 2000.
③ 收录于《中国当代短篇小说集》(*Anthologie de nouvelles chinoises contemporaines*)。

于莫言作品一贯的喜爱。同时期的其他中国当代作家则没有受到这种待遇。这里需要特别指出的是，法国瑟伊出版社在1995年出版了《十三步》以后，便与莫言建立了长期的合作关系。该社一直邀请两位知名的翻译家杜特莱和尚德兰从事莫言系列作品的翻译工作，可以说瑟伊出版社对莫言作品的推介力度是空前的。

第二节 辉煌期（2004～2012）

2000年以后，中法文学互动交流更加频繁。法国汉学界为推动中国当代文学在法国的译介、传播与研究，创立了诸多新模式。具体体现为两仪文舍①、外籍作家与译者之家②和翻译锻造坊与译者工坊③的创立以及巴黎图书

---

① 两仪文舍（ALIBI）是安妮·居里安在2002年创立的在巴黎法国人文科学之家（FMSH）进行的实验性文学活动，意在以原创中国当代文学作品为媒介搭建中法文化之间的桥梁，促进具有当代性的创作。两仪文舍定期邀请两位作家（一位法文作家和一位中国作家），就同一主题各自写作一篇短文，作品完成便交付文学翻译家将每一篇作品以对方语言译出。紧接着文舍举行座谈会：双方作家就他们的写作展开对话，然后翻译家以及主要由比较文学专家组成的听众发言，最后文章、译文及对话论坛的内容会完整地分别刊登在中文和法文刊物上。每一次的两仪文舍论坛内容都有录音记录，并可在巴黎人文科学之家的网站下载，或结集成册出版。

② 成立于20世纪90年代的法国南特市圣纳泽尔港（Saint-Nazaire）。每年都会邀请和接待来自世界各地的作家及译者，给予他们一定的赞助，提供住房，组织他们进行文学对话。每年还会颁发"儒尔·巴泰庸——当年度最佳法译作品奖""儒尔·巴泰庸——古典文学奖"和"拉丁美洲青年文学奖"三大奖项。莫言在2000年就凭借《酒国》法译本获得"儒尔·巴泰庸——当年度最佳法译作品奖"。并且每年还会出版外籍作家与译者之家国际文学杂志和一些双语版译作。曾获得邀请或获奖，或作品获得出版的中国作家有北岛、多多、七等生、芒克、杨炼、宋琳、刘心武、莫言、贾平凹、商禽、余秋雨、胡东、韩东、韩少功、夏宇、应晨、王安忆、王寅等。

③ 在中法建交50周年之际，国际文学翻译学院（Collège international des traducteurs littéraires）于2014年11月12日至12月2日在阿尔勒小城的梵高花园进行了为期十周的中法青年翻译家锻造坊项目。该项目邀请三位中国译者和三位法国译者，两国顶尖的翻译家和学者担任项目导师，并精心组织了各种文化讲座，比如作家见面会，出版界人士见面会等等。这种互动模式可以有效启发翻译技巧，更好地了解中法两国文化，不失为一种很好的中法互动新模式。

沙龙和各地书市的举办。此类旨在推动中国文学在法国的译介与研究的新模式的创立,为中国文学在法国培育了合适的土壤,吸引了一批又一批热爱中国文学和文化的有识之士加入到中国文学的法译事业中来。

2003~2004年间举办的"中法文化年"活动更是引燃了法国对于中国当代文学译介的热情。可以说,在法国举办的中国文化年是中国当代文学、文化在法国最为广泛的一次传播。这次文化年由中法两国领导人亲自决定,其时间之长、范围之广泛在世界文化交流史上实属罕见。2004年第24届巴黎图书沙龙选择中国作为主宾国,重点推介中国当代文学,包括莫言、韩少功、残雪、余华、苏童、李昂、北岛等在内的30多位知名作家受邀出席。在整个图书沙龙期间,莫言的作品法译本数量最多,最受法国读者追捧,各路媒体争相采访莫言。这种现象产生的重要原因就是他的两部代表作《酒国》和《丰乳肥臀》在2000年和2004年的相继出版,特别是诺埃尔·杜特莱①夫妇,携手译介的《酒国》,因出色的翻译与莫言共同获得"儒尔·巴泰庸"②(Laure Bataillon)文学奖,这更加促进了法国读者了解莫言及其作品。莫言在图书沙龙举办期间,也获得了法国文化部颁发的"法兰西艺术与文学骑士勋章",彰显了其在中法文化互动交流之中的巨大贡献。图书沙龙之后,莫言的《藏宝图》《铁孩》《爆炸》《师傅越来越幽默》《檀香刑》《欢乐》《四十一炮》《生死疲劳》《大嘴》《长安大道上的骑驴美人》和《蛙》等先后获得译介与出版,平均每年一部的数量,这在中国作家中也是独一无二的。在这一时期,莫言作品的译介呈现出一个特点,那就是好多作品由瑟伊出版社独家出版,这与20世纪90年代的译介现象显现出本质的不同。这表明莫言作品在法国得到了系统译介的时代已经来临。"显而易见,各大出版公司和传媒公司都为中国当代

---

① 杜特莱(Noël Dutrait):法国著名汉学家、翻译家。普罗旺斯大学中文系主任,曾将中国新时期作家阿城的《三王》,苏童的《米》,莫言的《酒国》《丰乳肥臀》以及《战友重逢》等翻译成法文,还翻译过中国台湾作家李昂的作品。

② 该奖是1986年创办的法国著名翻译文学奖项,专门颁发给有法语译本的外国文学作品。每年在南特市的圣纳泽尔港颁奖,奖金为1万欧元,由作者和译者平分。莫言成为获得该奖项唯一的中国作家。

文学的代表作家莫言知名度的扩大和著作的传播不遗余力"①。2011年,莫言的两部作品《长安大道上的骑驴美人》和《蛙》获得出版,这两部作品的出版对于莫言获得2012年诺贝尔文学奖贡献巨大。

第三节 平稳期(2012年至今)

  2012年在"诺奖"效应的影响下,在包括法国在内的全世界掀起了一股"莫言热"及"中国文学热"。各国汉学家、翻译家和出版商都把目光投向中国文学。许多国外大型出版社均加大了对中国当代文学的译介和出版力度,甚至有些出版社专门开设了中国当代文学专栏,着力推介中国当代文学。

  法国汉学界和出版界为加快译介莫言作品的速度,破天荒地译介和出版了莫言作品的三个合集《牛;三十年前的一次长跑》《幽默与趣味;金发婴儿》以及《白狗秋千架》,在最后一部合集中一股脑地收录了莫言的七个短篇小说:《白狗秋千架》《民间音乐》《三匹马》《大嘴》《枣木凳子,摩托车》《司令的女人》《野种》。由此可见法国汉学界和出版界对于加快莫言作品译介与出版的迫切心情。

  这一时期,莫言大部头的长篇小说《食草家族》《战友重逢》分别由翻译家尚德兰和杜特莱翻译并出版。莫言的代表作《红高粱家族》的全译本也由林雅翎翻译完成。莫言在诺奖颁奖典礼上的演讲《讲故事的人:在2012年诺贝尔文学奖颁奖典礼上的讲演》和论文集《超越故乡》也被译成法文。

---

① 张寅德著,刘海清译:《莫言在法国:翻译、传播与接受》,《文艺争鸣》2016年第10期。

第三章 莫言作品在法国的翻译

"作为一名作者和读者,当自己被世界上优秀的文学作品所打动时,会首先想到感谢翻译家。没有他们奉献的智慧,很多读者将会是璀璨的文学星空下的盲人。"①在一次汉学家文学翻译国际研讨会上,中国作协主席铁凝如是说。由此可见,是译者架起了作者与读者的桥梁。莫言曾坦承其作品在国外迅速译介和传播,并广受好评,这也得益于翻译家们的付出。

翻译是促进不同国家的文化相互交流的有效途径,在文学外译过程中一直占据重要的地位。"在当今的中国,翻译更是在中国文化走出去的战略中被赋予重任,翻译因此超越了语言符号转换的层面,成为跨文化的交流活动。"②而法文版中国文学翻译的主体就是活跃在法国汉学界的众多翻译家和汉学家。著名翻译家许钧教授有一句话,"遇上一个好的翻译是人生当中最大的'艳遇'"。诺奖得主莫言在题为《翻译家功德无量》的演讲中曾说:"翻译家对文学的影响是巨大的,如果没有翻译家,世界文学这个概念就是一句空话。只有通过翻译家的创造性劳动,文学的世界性才得以体现。"③阎连科作品的主要译者林雅翎于2017年不幸罹患癌症去世,阎连科在悼念文章中说:"对当代文坛言,如果说每个中国作家都是一颗巨大的树,那么翻译家,则是那棵树裸露在外的最大的一条根……如果说,每个中国作家都是一条通向

---

① 《中国文学对外译介蓄势待发》,载2010年8月18日《中华读书报》。
② 祝一舒:《翻译场中的出版者—毕基埃出版社与中国文学在法国的传播》,《小说评论》2014年第2期。
③ 莫言:《小说的气味》,当代世界出版社2004年版,第6页。

文学未来的路,而翻译家,则是那个路上许多界碑和里程碑中被砸断埋去、再也没人想起去扶正的那块断倒并埋在路边的碑石了。"[①]著名作家麦家曾经说过:"翻译家可以说是作家的再生父母。"由此可见翻译在文学外译过程中的作用,因为中国文化走出去,首先要解决的就是"语言瓶颈"。

第一节 汉学家——中法文化的摆渡者

在法国汉学界里从事汉学研究和翻译的都是些熟悉中国国情文化,并对中国文学情有独钟的汉学家、翻译家和出版家。他们及时把握中国文坛的最新动态,撰写、译介了诸多反映中国当代社会发展现实以及叩问人性的优秀文学作品。目前主要从事中国当代文学作品翻译的有两大群体。一是既做翻译又做研究的学者,如杜特莱教授,他是埃克斯-马赛大学中文系教授,莫言、韩少功、阿城等中国作家许多作品的法译者,同时对上述作家的作品进行过深入地研究和分析,发表一系列颇有分量的论文及著作。何碧玉[②]在巴黎东方语言文化学院工作,池莉作品的法译者,她也有许多重量级的论文,对中

[①] 阎连科:《Sylvie走了,遗言作家要终生永谢翻译家》,www.dajia.com,2017年4月30日。

[②] 何碧玉(Isabelle Rabut):法国著名的汉学家,中国当代文学翻译家,文学博士,现任法国国立东方语言文化学院教授。其主要贡献在于翻译理论研究,中国当代文学研究与中国当代文学的翻译实践,是法国和欧洲最为活跃的中国当代文学翻译家。翻译了包括沈从文、余华、毕飞宇、池莉在内的多位中国现当代知名作家的多部代表作品,是中国当代文学在海外传播与译介的重要人物,也在三十年的著述生涯中渐渐成为中国当代文学在西方得以传播的一个重要窗口。何碧玉的研究领域为20世纪中国文学,编著有《中原国土上的美丽叛译:现代华语世界中的翻译问题与实践》(*Les Belles Infidèles dans l'Empire du Milieu: problématiques et pratiques de la traduction dans le monde chinois moderne*,2010)、《现代中国与西方:翻译与跨文化协商》(*Modern China and the West: Translation and Cultural Mediation*,与彭小妍共同主编,2014)等。

国文学在法国的译介表达自己的看法和意见。傅玉霜①在里尔第三大学授课，她主要探索新时期以来中国所发生的社会变动。安必诺②是波尔多蒙田大学东亚文化研究中心主任，主要从事中国现当代历史与文学研究，巴金、池莉、余华、老牛等作品的法译者，他同时对中国台湾文学也研究颇深。他的专著《现当代华文文学作品的法文翻译目录》是对自1900年以来中国文学在法国的译介的全面梳理。二是专职译者，如著名汉学家林雅翎、贝诗娜③、安博兰、罗蕾雅④、巴彦⑤等。他们同样为中国文学在法国的译介贡献不小。正是由于这些翻译家的出色工作，中国文学才得以有序地被译介到法国，并逐渐被法国读者所接受。诸多汉学家因高质量的翻译译本而获得重要翻译奖项⑥，这算是对他们辛勤工作的最大肯定。

---

① 傅玉霜（Françoise Naour）：法国著名汉学家和翻译家，现任里尔大学副教授。主要译介北北、残雪、冯骥才、蒋子丹、李进祥、石舒清、李锐、刘庆邦、刘心武、刘醒龙、铁凝、王超、王蒙、西飚、詹政伟、张抗抗、宗璞以及澳门年轻作家廖子欣等作家的作品。在2003年举行的国际翻译工作者联盟成立50周年会议上，她因对中国当代文学的出色翻译工作于获得由法国四个部委及三个国际翻译协会共同首次颁发的金色文字（Mot d'or）翻译奖，算是对其翻译工作的最大肯定。

② 安必诺（Angel Pino）：巴黎第十三大学经济学博士、法国国立东方语言文化学院毕业，现为波尔多蒙田大学中文系教授、东亚文化研究中心主任。从事现当代中国历史与文学研究、巴金作品研究，先后译介巴金、池莉、老牛、杨绛的、余华的等作家的作品。与何碧玉一起为中国台湾文学在法国的译介也作出很大贡献。

③ 贝诗娜（Emanuelle Péchenart）：法国著名女翻译家，主要从事小说及诗歌翻译。翻译了毕飞宇、王刚、张辛欣、张爱玲以及中国台湾作家舞鹤、平路以及黄春明等作家的作品，译介的诗歌有孟明的《槐花之年》以及马德升的《白梦黑魂》《接受死神采访前的二十四小时》等。

④ 罗蕾雅（Marie Laureillard）：里昂第二大学中文系教授、汉学家。是沈从文、刘心武和莫言作品的法译者，她同时对中国台湾文学和诗歌也非常感兴趣。主要译作有大陆作家刘心武的《泼妇鸡丁》；莫言的《欢乐》和《长安大道上的骑驴美人》以及沈从文的《湘行散记》；中国台湾地区作家陈致元的《小鱼散步》；郭松棻的《月阴》和《月噑》以及李昂的《暗夜》等。

⑤ 克罗德·巴彦（Claude Payen）：法国著名翻译家和汉学家。翻译了毕飞宇的《青衣》《三姊妹》《上海往事》和《平原》，郭小橹的《我心中的石头镇》，老舍的《小坡的生日》《鼓书艺人》和《二马》，慕容雪村的《成都，今夜请将我遗忘》和《原谅我红尘颠倒》，苏童的《我的帝王生涯》以及张宇的《软弱》。

⑥ 杜特莱因翻译莫言的《酒国》获得"儒尔·巴泰庸"文学翻译奖；林雅翎因翻译阎连科的《受活》获得"阿梅代·皮乔"文学翻译奖（Amédée Pichot）；汉学家金卉因翻译阎连科的《年月日》也获得该奖。

法国作为欧洲汉学之都，一直活跃着一大批熟悉和热爱中国文学的汉学家。代表人物如专事中国古典文学的艾田蒲（Etiemble）、戴密微（Paul Demiéville）、桀溺（Jean-Pierre Diény）、吴德明（Yves Hervouet）、铎尔孟（André d'Hormon）、侯思孟（Donald Holzman）、乐唯（Jean Lévy）、雷威安（André Lévy）、谭霞客（Jacques Dars）、雷米·马修（Rémi Matthieu）、利柯曼（Pierre Ryckmans）、保尔·巴迪（Paul Bady）、艾梅里（Martine Vallette-Hémery）、达尔斯（Isild Darras）、戴鹤白（Roger Darrobers）、班文干（Jacques Pimpaneau）、保罗·雅各布（Paul Jacob）、克里斯蒂娜·孔特勒（Christine Kontler）、佩隆（Nadine Perront）、彼埃·卡赛（Pierre Kaser）等，也有现当代中国文学翻译家如如意（Bernadette Rouis）、安妮·居里安（Annie Curien）、尚德兰（Chantal Chen-Andro）、诺埃尔·杜莱特（Noël Dutrait）、何碧玉（Isabelle Rabut）、林雅翎（Sylvie Gentil）、安博兰（Geneviève Imbot-Bichet）、贝罗贝（Alain Peyraube）、马向（Sandrine Marchand）、卢瓦（Michelle Loi）、罗蕾雅（Marie Laureillard）、傅玉霜（Françoise Naour）、金卉（Brigitte Guilbaud）、克洛德·巴彦（Claude Payen）、魏简（Sébastian Veg）、安必诺（Angel Pino）、尚多礼（François Sastourné）、贝施娜（Emmanuelle Péchenart）、雅格琳·圭瓦莱（Jacqueline Guyvallet）、毕戎（Isabelle Bijon）、杜丹宁（Danièle Turc-Crisa）、闵飞霞（Catherine Vignal）、普吕尼·高赫乃（Prune Cornet）、伊冯娜·安德烈（Yvonne André）、斯特凡·勒维克（Stéphane Lévêque）、帕斯卡尔·吉诺（Pascale Guinot）、奥利维耶·比亚勒（Olivier Bialais）、维罗妮卡·瓦伊蕾（Véronique Woillez）、戴乐生（Hervé Denès）、郁白（Nicolas Chapuis）、雅歌（Jacqueline Alézaïs）、关首奇（Gwennaël Gaffric）、侯芷明（Marie Holzan）、白夏（Jean-Philippe Béja）等以及华裔学者黄育顺、盛成、黄山、陆馥君、董纯、李治华、罗慎仪、吕华、沈大力、丁步洲、程英芬、李金佳、陈丰、金丝燕、黄晓敏、董强、施康强、张寅德、徐爽、邵宝庆等。

第二节 诺埃尔·杜特莱（Noël Dutrait）

法国著名的汉学家、翻译家，曾任法国普罗旺斯大学汉学院院长，现中文系主任。他曾谈及开始中国文学翻译工作的初衷："中国当代文学中最吸引我的地方就是，通过阅读我可以直接地了解中国人的精神状态以及他们的生活处境。"[①]先后翻译阿城、王蒙、苏童、莫言和韩少功等人的20多部作品，还翻译过中国台湾作家李昂的作品。他的翻译被认为是推动莫言获得"诺奖"的重要因素之一。他翻译的莫言的《酒国》获得了2000年法国的最佳外国文学奖"儒尔·巴泰庸"奖，因翻译成就突出，2001年杜特莱与夫人莉莉安被授予"法兰西艺术与文学骑士勋章"。杜特莱教授对于中国文学在法国乃至世界的传播起着巨大的作用，尤其是对于莫言获得诺贝尔文学奖居功至伟。主要译作有阿城的《三王》《迷路》《九十年代》以及《闲话闲说：中国世俗与中国小说》；与户思社合译的韩少功的《爸爸爸》；莫言的《酒国》《丰乳肥臀》《师傅越来越幽默》《四十一炮》以及《战友重逢》；苏童的《米》等。出版的合集有《重见天日：中国小说选（1978～1988）》(La Remontée vers le jour, nouvelles de Chine 1978-1988)；《这里生活也要呼吸：1926～1982年报告文学选》[②](Ici la vie respire aussi : littérature de reportage 1926-1982)；《中国文学，状况及使用手册》(Littérature chinoise, état des lieux et mode d'emploi)；《中国当代文学：传统与现代》(La Littérature chinoise contemporaine, tradition et modernité)；《中国当代文学爱好者使用手册》[③](Petit Précis à l'usage de l'amateur de littérature chinoise contemporaine)；《莫言：地方与普世的交汇》(Mo Yan, au croisement du local et de l'universel)等。

[①] 刘云虹、杜特莱：《关于中国文学对外译介的对话》，《小说评论》2016年第5期。

[②] textes traduits du chinois et présentés par Noël Dutrait, Aix-en-Provence, Alinéa, 1986.

[③] Arles, Philippe Picquier, 2002.

第三节　尚德兰（Chantal Chen-Andro）

尚德兰是著名的法国翻译家、诗人，于 1967 年开始攻读中国文学，现为巴黎第七大学副教授。她翻译过中国现当代作家如老舍、陆文夫、莫言、王蒙的代表作及包括北岛、顾城、西川和王寅在内的一批当代诗人的作品，是法国的"中国文学通"。2004 年，因从事中国当代文学的译介工作，尚德兰与中国作家莫言、余华、李锐等人一起获得"法兰西共和国艺术与文学骑士勋章"。主要译作包括北岛的《波动》《在天涯》《幸福大街十三号》以及《零度以上的风景线》，曹植的《曹植全集》，格非的《褐色鸟群》，芒克的《没有时间的时间》，老舍的《四世同堂》，陆文夫的《人之窝》，莫言的《天堂蒜薹之歌》《筑路》《罪过》《铁孩》《檀香刑》《生死疲劳》《大嘴》《蛙》《变》《讲故事的人》《幽默与趣味》；金发婴儿》《超越故乡》以及《食草家族》等；欧阳江河的《谁去谁留》；宋琳的《断片与骊歌》和《城墙与落日》；王蒙的《布礼》；王寅的《无声的城市》《说多了就是威胁》和《因为》；严歌苓《金陵十三钗》；杨炼的《河口上的房间》《面具与鳄鱼》《大海停止之处》以及《幸福鬼魂手记》等；叶舒宪的《爱与激情》；叶鑫的《镜子边缘》；于坚的《被暗示的玫瑰》；翟永明的《最委婉的词》；张炜的《逝去的人和岁月》以及朱朱的《青烟》等。此外，与别人合译的有《四位中国诗人：北岛、顾城、芒克、杨炼》（*Quatre poètes chinois：Beidao，Gu Cheng，Mangke，Yang Lian*），《中日当代文学中逃逸的幻象》（*Imaginaires de l'exil dans les littératures contemporaines de Chine et du Japon*）和《天空飞逝——中国新诗选》（*Le ciel en fuite：anthologie de la nouvelle poésie chinoise*）等。

第四节　林雅翎（Sylvie Gentil）

林雅翎是将中国作家莫言的小说翻译成法文的第一人，被称为莫言背后的"翻译女神"。美国媒体称，莫言的书早在被翻译成英文之前，就被独具慧眼的法国大翻译家林雅翎发现并翻译成法文。很少有人知道,莫言小说的西班牙语和阿拉伯语等译本,都是以法文版为基础而非中文原版再译的。正是这些翻译,让西方国家接触到了莫言的作品,这对于莫言获得诺贝尔文学奖功不可没。林雅翎在孩提时代就接触了中国文学,1980年来华深造,自1985年在北京定居之后,一直潜心从事翻译工作。其主要译作包括崔子恩的《桃色嘴唇》;邓友梅的《烟壶》;冯唐的《万物生长》和《十八岁给我一个姑娘》;虹影的《背叛之夏》;李洱的《花腔》;刘索拉的《大继家的小故事》;棉棉的《熊猫》和《糖》;莫言的《红高粱》《十三步》以及《红高粱家族》;徐星的《无主题变奏曲》和《剩下的都属于你》;阎连科的《四书》《受活》《炸裂志》《发现小说》《耙耧天歌》以及杨继绳的《墓碑:中国六十年代大饥荒纪实》等。2017年4月,林雅翎不幸因病去世,她的离世是法国汉学界的巨大损失。

第五节 翻译的困境

众所周知,由于中文的特殊性,中国文学要走向世界,为其他国家的读者所了解、喜爱,乃至获得文学奖,都离不开好的翻译。汉语一方面以它的博大精深、独特的魅力以及璀璨的文学传统为中国作家的创作提供了有力的工具和丰富的宝藏,另一方面也为中国文学的全球传播带来困难。正如阎连科多部作品的法文翻译者金卉在汉学家文学翻译国际研讨会上所讲:"尽管我付出了努力,但也不知道能否将中国作家语言中所蕴含的意义用法文清晰地表达出来。因为我相信文字和血肉之躯有紧密联系,相信文字可算是人的感受的具体化,所以着手翻译时,我会先考虑感情和感受的逼真性,然后再考虑语言。"①

审视中国当代文学在法国的译介,翻译的质量总体上乘。但出于营销策略和迎合法国主流价值观念喜好的考虑,或由于文化观念之间的巨大鸿沟和

---

① 祝一舒:《翻译场中的出版者——毕基埃出版社与中国文学在法国的传播》,《小说评论》2014年第2期。

语言转换的功底不够深厚的客观现实，某些译文也存在着"暴力改写"的现象，译作之中不乏错译、漏译。有些译者甚至对于自己认为不合理或无价值的段落进行随意的删改，或者对原文进行意识形态化的解读。莫言、苏童、毕飞宇、王安忆的作品都曾遭遇过类似的尴尬。比如苏童的《妻妾成群》和《红粉》以及莫言的《红高粱家族》中就有许多被误译、漏译和随便删减的情况。

翻译是一项跨文化交际活动，是两种不同文化的碰撞与交融，早已超越单一的语言符号的转换。汉语和法语两种语言的巨大差异以及中法两国的文化差异，给翻译带来诸多困难，尤其是一些译者语言水平不高，对中国文学了解不深，文学敏锐度不够，就更会产生一些问题。其中表现最为明显的是文学韵味的流失和风格难存。

韵味的流失，首先可能归因于译者对原文的语义理解错误。译者对中文中一些事物的象征意义理解不够，选择直译的方法，这势必使中文作品的韵味流失。其次，韵味的流失还可能源自作家的语言风格迥异，莫言喜欢用夸张、粗野的语言，余华则使用较为平静、客观的语调来叙述。风格是一个作家的标志。在法译本中，原本一些能够代表作家语言风格的句子没有被译出来。最后，韵味的流失还可能是暴力改写的结果。不论是对原文理解有误或是有意为之，这都不符合翻译的规则。好在法国出版商和译者大多偏向于忠实原文，有意识的改写问题在法国并不常见。相反，在美国则存在较为严重的暴力改写问题。如葛浩文采取的"连写带译"的翻译策略，常为人所诟病。但这并不影响葛浩文为中国文学在英语国家的传播所作出的杰出贡献。

风格难存，是指由于语言上的困难导致文学作品风格的丧失。由于中文博大精深，一个汉字就可能有好多种意思，这无疑增大了译者的理解难度。特别是中国的诸多地域性作家偏爱在作品中使用方言和俗语，这对译者是极大的挑战。莫言作品的法译本主要译者林雅翎和诺埃尔·杜特莱都曾说过。翻译莫言的作品需要很大的勇气。其中杜特莱教授就曾说，翻译莫言作品的困难主要来自两个方面：一是他的作品中使用很多的高密方言；二是莫言叙事的多变。他不得不求助于中文系的学生来完成翻译。尚德兰也提出翻译莫言作品过程中遇到的问题，比如说时态问题，因为中文里没有绝对的时态，这就给译者带来很大麻烦,其次是家庭成员称谓的翻译问题,如"爹""娘"和"哥"等。但是二人都不约而同地称赞莫言非常随和,在翻译的过程中作家给了他们很多的帮助和支持。我们可以看出,作者和译者的良好关系也是莫言作品能够在法国得以迅速译介和推广的重要原因。尽管在莫言作品的法译本中也出现诸多错译、误译等问题。现在试举一例。在《红高粱》中作者描述"我奶奶"时写道:"她老人家不仅仅是抗日的英雄,也是个性解放的先驱,妇女自立的典范",而在译本中"个性解放的先驱"变成了令人错愕的"性解放的先驱"。这很显然是文化不同导致的错误。翻译家何碧玉也曾指出:"我觉得最难的是翻译的节奏和音乐感。"① 在她碰到一些难以理解的有关中国文化的问题时,她会去找人解释。

在译介过程中出现问题的主要原因不难理解。中西方巨大的语言文化差异、西方学者和读者固有的强势文化心理和意识形态指引下的本土特定利益以及法国畅销作品的写作模式等都会或多或少地左右译者心态。他们在译介中国文学作品的过程中必定会自觉或不自觉地对原作进行有意的删除或改写,这势必会弱化中国文学的本质诉求和文化特征。这种译介模式虽然能在短期内使中国文学作品法译本的数量直线上升,实现数量上的假繁荣,但根本说来,法国读者如雾里看花一样阅读经过"再加工"的中国文学作品,根本无法触摸中国文学的本真面目,更无法真实体会中国文学的独特魅力和诗性特征。

由于从事莫言作品法译工作的都是由汉语语言水平极高、又熟谙中国文化的著名汉学家翻译的,因此总体上质量可谓上乘。这就是为什么莫言是作品法文翻译数量最多的中国当代作家的原因。2001年,莫言和译者杜特莱教授因《酒国》法译本共享"儒尔·巴泰庸"奖就是对译者最大的褒奖。莫言之所以能够斩获诺贝尔文学奖,各国翻译家可谓居功至伟。他的作品被广泛翻译后,提升了在世界上的影响力。为了感谢法国和各国翻译家的辛勤付出,莫言以个人名义邀请了《丰乳肥臀》《酒国》《四十一炮》的译者杜特莱先生

---

① 何碧玉、毕飞宇:《中国文学走向世界的路还很长……》,《东方翻译》2011年第4期。

和另一位翻译了《天堂蒜薹之歌》《蛙》《檀香刑》的翻译家尚德兰女士以及其他语种的多名翻译家赴斯德哥尔摩参加了诺贝尔奖的颁奖活动，相关费用则用他的"诺奖"奖金支付。他还不止一次地在不同场合表示，这是为了表达对他们工作的深深谢意。"翻译的工作特别重要，我之所以获得'诺奖'，离不开各国翻译者的创造性工作。有时候，翻译比原创还要艰苦。"在采访中，莫言提到了以下几名翻译家，称赞他们对中国当代文学作出了很大贡献。其中有瑞典翻译家陈安娜、美国的葛浩文先生、日本汉学家吉田富夫教授、法国的杜特莱和尚德兰等。

因此精准的翻译在中国当代文学对外译介过程的作用不可小视。选择一个能对自己的文学形象负责的译介者就成了一个关键的问题。余华的《兄弟》和莫言的《酒国》《丰乳肥臀》在法国所取得的反响就与汉学家何碧玉和杜特莱夫妇精良的译本不无关系。实际上，一些在法国得到系统译介的中国作家已经找到了值得信赖的、长期合作的译介者。例如，余华和池莉的合作对象为南方书编的何碧玉；莫言的合作对象为瑟伊出版社以及汉学家杜特莱、尚德兰；王蒙的合作对象为中国蓝出版社以及汉学家傅玉霜，阎连科的合作对象则是林雅翎和金卉[①]。

当下，在法国从事中国当代文学译介的译者主要从个人兴趣角度出发，他们想通过对中国文学的译介，与法国读者一起分享能震撼他们心灵的好作品，这不失为一种中法文化交流的手段。但是有些译者更多地出于政治考量，他们希望通过译介中国当代文学作品向法国读者展现中国当下的真实面貌。现在较为迫切的问题就是应该要扩大优秀译者的群体，译者的水平应该要有一定的要求。同时，笔者认为，翻译时还是应该与原作作家沟通。中外翻译家联手翻译该是最理想的翻译局面。但无论如何，法国从事中国文学翻译的译者在推动中国当代文学在海外的传播起到了不可磨灭的作用。

---

① 金卉（Brigitte Guilbaud）：巴黎三区的中学汉语教师，翻译了曹文轩的《青铜葵花》，刘震云的《我不是潘金莲》，彭学军的《腰门》，阎连科的《土黄与草青》《日光流年》《我与父辈》和《和年月日》（获得 Amédée Pichot 翻译文学奖）以及周云蓬的《夜游人》。

第六节　翻译模式的多样性

根据自己的资源背景和翻译习惯,不同的译者有不同的翻译模式。目前在法国汉学界主要有译者独译和合作翻译两种模式。两种形式各有利弊,总体而言,合作翻译优于独立翻译,但从实施难度而言,译者独译更易完成,在时间的要求也低于合作翻译。

独译表示译者一个人独立完成整部作品的翻译。这就对译者在充分了解原作创作背景、原作作者的写作习惯以及中文、法语的语言要求极高。有些译者在翻译过程中不与原作作者联系,这种方式基于作者与译者之间的相互信任,也是基于译者较高的中文阅读和理解能力。华裔翻译家邵宝庆母语为中文,他翻译过池莉多部作品,在翻译时他从未与池莉沟通交流过。但在翻译陕西籍作家陈忠实的《白鹿原》时,由于对作品里描述地形地势的描写拿捏不准,他与陈忠实就联系过。林雅翎是阎连科作品的法译者,在翻译《受活》时,与原作作者有过一两次的沟通交流,其余的部分都是她独立翻译而成。

还有一些翻译家为保证译本的准确性则经常与原作作者沟通,杜特莱教授为更好地、更准确地翻译莫言的《酒国》和《丰乳肥臀》,曾两次赴作者老家高密实地参观,并经常与莫言保持书信联系,就作品翻译中遇到的问题进行交流探讨,他也经常求助于他的中国籍留学生。何碧玉也曾在翻译池莉作品时,就作品中不理解,或是理解模棱两可的地方,与池莉保持经常的联系。"何碧玉教授的文学感觉特别细腻精准,不放过每一个细节,常常会询问我许多问题,力图让法文版更加完美。这种良好合作,对我来说,就是很理想的关系。"[①]与原作作者保持联系,可以解决在阅读原作时的困难和避免错误理解,在翻译中的困难就会减少很多。同时,译者与原作者保持持久的、较为融

---

① 高方、池莉:《更加纯粹地从文学出发——池莉谈中国文学译介与传播》,《中国翻译》2014 年第 6 期。

洽的关系,也利于对中国作家作品的持续关注和系统译介。

另一种翻译模式——合作翻译,主要是通过夫妻合译和中法学者合译的方式来完成。在法国,最有名的夫妻档汉学家有两对,即杜特莱夫妇以及安必诺夫夫妇,均因夫妻都从事中国文学的翻译及研究工作,而形成了合作的翻译模式。一般是由一人阅读中文原作,以口述的形式将法语意思传达,另一人将内容用法语文字呈现出来,最后二人共同润色加工,以最符合法国人审美取向的方式完成译文。杜特莱夫妇就是以这种方式共同完成了莫言的《酒国》《丰乳肥臀》《四十一炮》等,而成为在法国最受欢迎的中国当代文学作品。安必诺夫妇合作译介了池莉的《你是一条河》、老牛的《不舒服》、余华的《兄弟》《十八岁出门远行》《十个词汇里的中国》《第七天》以及合集《一个地主之死及其他短篇小说》

中法学者合译,指的是一个母语为汉语和一个母语为法语的译者合作翻译,这种方式更有可能完成一部高质量的译作。韩少功的《爸爸爸》由杜特莱和户思社共同完成,陈忠实的《白鹿原》由邵宝庆和索朗格·克鲁维耶(Solange Cruveillé)合作完成,池莉的《云破处》由邵宝庆与何碧玉合作完成,《预谋杀人》《看麦娘》则由安必诺和邵宝庆共同翻译,刘震云的《一句顶一万句》由毕戎(Isabelle Bijon)和王建宇合作完成,《手机》则由戴乐生(Hervé Denès)和贾春娟共同翻译。此外,杜特莱在翻译莫言的《师傅越来越幽默》及《战友重逢》时则是通过师生合作完成的。

综上所述,好的翻译模式,应该既能满足译入语的文本理解要求,又能满足译出语的表达要求。只有这样,译本才能保证质量,才能真实体现原作的真实面貌和文学特征。

第四章　莫言作品在法国的出版

第一节　中国当代文学在法国的出版现状与困境

　　法国出版界对外国文学的出版一直热情不减,许多出版社对外国文学的开放程度最高,出版社译介的外国文学作品数量最多。虽然在众多出版社的书目中有当代中国文学作品,但相较拉美文学及日本文学,中国文学在法国的出版依然处于边缘的地位。在法国集中出版中国文学的出版社并不多,主要有嘉里玛出版社(Editions Gallimard)、菲利普·毕基耶出版社(Editions Philippe Picquier)、中国蓝出版社(Bleu de Chine)、南方书编出版社(Actes Sud)、瑟伊出版社(Le Seuil)、弗拉马利翁出版社(Flammarion)和黎明出版社(Editions de L'Aube)等。其中的中国蓝出版社于2010年并入嘉里玛出版社,成为该社专出中国文学的一个系列丛书(Collection Bleu de Chine)。以上出版社虽出版的侧重点各有不同,但基本都会留有一个部分用来出版中国文学作品。如瑟伊出版社的"绿框"(Cadre vert)、南方书编出版社的"中国文学系列"(Lettres de Chine)、弗拉马利翁出版社的"远东文学丛书"(Lettres d'Extrême-Orient)和黎明出版社的"社视野交汇丛书"(Regards croisés)等。这些丛书的主编都是熟悉中国文化和文学动态、具有丰富翻译经验的汉学家。如南方书编出版社的何碧玉(Isabelle Rabut)、弗拉马利翁出版社的贝罗贝(Alain Peyraube)、毕基耶出版社的陈丰女士等,正是他们认真负责的工作,才使得中国文学作品得以出版和发行。有些出版社长期追踪和系统译介中国当代作家的作品,如瑟伊出版社系统译介了"诺奖"得主莫言等人的作品；南方书编出版社则重点关照张辛欣、余华和池莉的作品；中国蓝出版社则系统译介了刘震云的作品等等。此外，巴黎的友丰书店（You-Feng）和凤凰书店（Phénix）亦对中国文学在法国的译介与传播助力不少。

更难能可贵的是，法国还有专事中国文学作品出版的出版社，像菲利普·毕基耶出版社和中国蓝出版社，两家出版社的负责人毕基耶（Philippe Picquier）和安博兰①（Geneviève Imbot-Bichet）都对中国文化情有独钟，凭着对亚洲崛起的敏锐嗅觉，艰苦创业十几年后俨然以亚洲专业出版商的姿态立足于法国出版界。

由于以上出版社对中国文学的持续关注，中国当代文学在法国的出版取得了显著的成就，无论从得到译介的作家数量还是从作品的多样性来看，中国当代文学在法国已经占有一席之地。但是，中国当代文学想要真正进入法国主流图书市场，融入法国文学系统，还任重而道远。尽管中国政府近年来实施了一系列措施来拓展中国当代文学在法国的市场，但效果依旧不够明显，笔者认为主要原因有两个：其一是缺少持续地挖掘中国优秀文学作品的途径，即文学代理人缺乏。目前法国发掘中国当代文学作品的途径还是传统的汉学家的推荐以及出版社中国文学编辑通过私人关系来挖掘等。瑟伊出版社的中国文学丛书主编安娜·萨斯图尔内（Anne Sastourné）认为，如今法国出版中国文学一个很大的障碍就是缺少寻找中国优秀文学作品的途径。作家毕飞宇也曾表示，目前中国文学向海外输出的最大问题是缺乏职业的文学代理人。文学代理人意指替作家打理版权、出版事务的人，在法国，成熟的远没有形成体制。拥有文学代理人的中国作家数量有限，仅仅如莫言、余华等这些在法国大热的作家才有。其二是法国读者市场堪忧，中国当代文学对于法国读者而言依然是陌生的、异域的。中国当代文学在法国的受众主要是汉学家和从事中国当代文学教学工作的教师和学生等。受众的狭窄导致图

---

① 法国著名女翻译家、中国蓝出版社负责人。她于1994年创立中国蓝出版社，先后出版了沈从文、刘心武、冯骥才、格非、韩寒、刘震云、慕容雪村、曹寇、贾平凹和周梅森等人的作品。该社不以出书数量取胜，而是以中国现当代文学的独特介绍见长。2010年，该社被嘉里玛出版社收购，继续推出"中国蓝"系列丛书。

书销售量不高，进而导致译者收入菲薄。没有太多的法国人愿意从事中国文学的翻译工作，因此如何引导法国读者关注中国文学是头等大事。

至于中国图书在法国的推广和销售，法国大多数出版社采取线下和线上相结合的推广模式。线下推广就是通过图书销售代表到全法数千家书店进行推荐，或是通过出版社的媒体专员向所有媒体，如报社、电视台、电台等做推广和宣传。还有实力雄厚的出版社还会邀请作家赴法国做巡回演讲，和当地读者面对面交流，莫言、余华、池莉等多次赴法，与读者见面，宣传新作。线上推广是指通过网络等新媒体宣传和介绍中国文学作品，这对中国文学的传播也起到了重要的作用。

再回到莫言作品在法国的译介问题上来。综观其作品在法国的译介历程，在相当程度上还是得力于几家年轻的出版社，即瑟伊出版社、菲利普·毕基耶和南方书编出版社。翻译家林雅翎曾说过："莫言作品的法译本数量远远多于其他语种的译本，这主要源自几家出版社的胆识，寻找新型作家的嗅觉以及对于其文化的兴趣。法国就这样成为未来诺贝尔文学奖得主的必要中转站。"[①]

第二节 瑟伊出版社(Editions du Seuil)
——"诺奖"得主莫言作品的主要出版社

瑟伊出版社成立于1935年，是法国出版社会科学和文学书籍的重要出版社，在法国乃至全世界出版界中享有盛誉。曾出版过拉康、罗兰·巴特等名人的书籍，法兰西学院院士、法籍华裔作家程抱一的许多作品也由该社出版。

该社在20世纪八九十年代只出版了戴厚英的《人啊，人！》、冯骥才的《俗世奇人》、李昂的《杀夫》和莫言的《十三步》等，2000年以后才开始大规模地

---

① Caroline Puel, *Vous voulez le Nobel? Publiez en français！*, le Point, le 19 octobre 2012.

出版中国当代文学作品，作家陈忠实、程抱一、戴厚英、冯骥才、哈金、何志宏、虹影、李昂、廖福彬、刘索拉、陆文夫、莫言、饶平如、苏童、叶兆言、应晨、张炜的作品在该社都得到出版。其中该社对于莫言作品的系统翻译和出版为莫言获得诺贝尔文学奖立下汗马功劳，莫言的代表作品如《十三步》《酒国》《丰乳肥臀》《檀香刑》《四十一炮》《生死疲劳》等均由该社出版。2016～2018年三年间该社又先后出版了莫言的《食草家族》《战友重逢》和《白狗秋千架》。该社的"远东文学丛书"（Lettres d'Extrême-Orient）译介并出版了不少中国内地、中国台湾地区以及海外华裔作家的作品。

第三节　菲利普·毕基耶出版社（Philippe Picquier）
——中国文学走向世界的桥头堡

毕基耶出版社于1986年成立于法国南部小城阿尔勒（Arles），主要出版亚洲文学作品，涉及中国文学、日本文学、韩国文学、印度文学以及越南文学。出版社负责人菲利普·毕基埃先生在接受法国《文学杂志》的采访中明确阐明了他成立出版社的初衷："20世纪80年代，人们蔑视种族中心主义。当法国文学界正专心于形式的研究时，我则视亚洲为另一股新鲜的气息。"菲利普·毕基埃先生将其独到的目光投向亚洲，投向东方的文学与文化，致力于亚洲文化和文学书籍的翻译与出版。其立社宗旨非常明确：要在介绍亚洲文学方面独树一帜。"不论从毕基埃出版社出版的作品数量看，还是从出版作品的影响看，在毕基埃出版社出版的东方文学与文化书籍中，中国的作品明显占有非常重要的位置。"[①] 毕基埃出版社出版的中国文学作品种类多样，收录了从古代到现代的不少大家的作品。据不完全统计，从蒲松龄、苏东坡、袁宏道等古代大家的经典作品，到林语堂、老舍、郁达夫等现代文学大师，再到王蒙、陆文夫、张承志、莫言、余华、毕飞宇、苏童、阎连科、韩少功、王安忆、黄蓓佳、叶兆言、王硕、曹文轩、杨红樱等当代重要作家，120多部中国文学和

---

① 许钧：《生命之轻与翻译之重》，文化艺术出版社2007年版，第73页。

文化书籍"从南方小城阿尔不断传向整个法兰西,传向法语国家和地区,为树立中国文学的真实形象,扩大中国文学在法兰西和广大的法语国家的影响,增进法中文化交流,作出了重要的贡献"①。从对异域文化的猎奇心态逐渐转变到聆听中国文学真正的声音,法国读者对中国文学表现出了越来越浓厚的兴趣,正如毕基埃先生在中法互办文化年期间所言:"这十多年来,我们出版中国长、短篇小说的速度是随着法国读者对中国的文学和艺术的热爱而加快的。今天,对中国和中国的文化,法国读者不再如过去一般一味追求异国情调,而是像我们一样,越来越关注当代中国作家发出的声音。"②

第四节　南方书编出版社(Actes Sud)
——中国当代文学的欧洲伯乐

南方书编出版社成立于1978年,是一个主要出版外国文学的、规模比较大的独立出版社,出版30多种不同语言的书。自20世纪80年代以来,南方书编出版社对中国文学给予了极大关注,持续译介中国文学尤其是中国当代文学作品。它的"中国文学丛书"陆续翻译出版了张辛欣、莫言、池莉、余华、毕飞宇、王小波、扎西达娃等15位作家的50余部作品,极大地促进了中国当代文学在法国的传播。

在20世纪80年代,法国的一些出版社在好奇心的驱使下试探着出版一两本中国文学作品,但很少有出版社持续追踪一个中国作家或出版同一作家两本以上的作品,中国大多数作家的作品也几乎没有再版甚至重印过。而南方书编出版社自推出中国作品之初,就在跟踪介绍特定的中国作家方面做出了特殊的努力。多年来,他们一直持续出版张辛欣、余华和池莉的作品。而自从20世纪90年代国立东方语言学院教授、中国20世纪文学专家何碧玉

---

① 许钧:《生命之轻与翻译之重》,文化艺术出版社2007年版,第73~74页。

② Philippe Picquier, *Dix-sept ans en Asie*, in *Bulletin des Bibliothèques de France*, n° 5, 2003. p. 67.

接任该出版社"中国文学丛书"主编后，更是把中国文学的译介不断推向新的高潮。她不仅是翻译家，还是中国当代文学的研究者，对中国现当代文学在西方的译介和接受的情况有着相当深入的研究。她出任"中国文学丛书"主编后，在前期"中国文学丛书"的基础上，继续推出张辛欣、莫言、扎西达娃、王小波、毕飞宇等作家的系列作品，更力推余华和池莉，共计译介余华作品15部、池莉作品16部，这在法国其他同类出版社也实属少见，稳步打造了余华、池莉在法国图书市场上的地位。

相较其他出版中国文学的出版社，南方书编出版社以持续跟踪介绍特定的中国作家见长。这在对余华的翻译上可见一斑。在余华作品出版的初期，销量十分有限，平均不到1000册。但南方书编出版社并未因为销量小而放弃对余华的译介。相反，他们继续推出作家早期的一些作品，这是因为他们以汉学家的选择和评价为导向，以余华作品的独特美学特性为依据，致力于作家文学声誉的长期建立，不把目光放在短期市场效益上。

第五章　莫言作品在法国的接受

时至今日,莫言共有30多部作品被翻译成法文,从作品数量可以看出莫言在法国读者和业界的号召力和影响力。在获得2012年诺贝尔文学奖后,法国媒体从各个侧面介绍莫言的生平,探讨他的写作风格与成功奥秘。一些媒体用"中国的拉伯雷""中国的福克纳"来形容他。在中国当代文学海外译介过程中,文学奖项的获得与否始终是影响市场选择和读者的重要因素,改编电影在海外的巨大成功也是吸引西方汉学界、出版界目光的重要因素之一。从这两点来看,莫言完全符合标准。

作为"最受法国读者欢迎的中国作家"和"中国当代文学的形象代言人",莫言在法国举办的各类图书节、图书沙龙和书市、法国国家图书馆[①]以及大学课堂上成为座上宾,成为法国媒体争相追逐的对象。法国媒体的反响日益强烈,大学机构的研究也不甘示弱:在2013~2014年两年间已经举行了两次有关莫言作品的国际学术研讨会[②],同时有首部莫言研究专著在法国问

[①] 莫言在2001年12月14日下午在巴黎法国国家图书馆发表《小说的气味》的演讲。
[②] 法国汉学界在莫言荣获诺贝尔文学奖一周年之后,由巴黎第三大学张寅德教授、法国巴黎第七大学徐爽以及埃克斯—马赛大学诺埃尔·杜特莱教授联合发起组织的两次有关莫言作品的国际学术研讨会"莫言,地方与世界的交汇"、"莫言研究:翻译,接受与阐释"分别于2013年10月18~19日和2014年9月18~19日在巴黎第三大学和巴黎第七大学以及埃克斯—马赛大学举行。研讨内容分四个部分:(一)媒介与反响;(二)扎根乡土与再创造;(三)小说之形态;(四)世界性探索。第一次研讨会的论文已结集出版:张寅德、徐爽、诺埃尔·杜特莱:《莫言:地方与世界性的交汇》,瑟伊出版社2016年版。

世①,且有数篇有关莫言创作的博士论文正在写作过程之中或已顺利通过答辩②,有关莫言作品读书会的举办等无不证明莫言在法国的受欢迎程度。本章我们将从学术研究、主流媒体、译者、出版人和普通读者的视角入手看其作品在法国的接受现状。

第一节 法国有关莫言作品的学术研究

在法国,从事莫言作品学术研究的首先主要是翻译其作品的汉学家,因为他们从事其作品的翻译工作,故而对莫言及其作品的特点比较了解。其次是法国大学的教授中国文学的教授及科研人员。

法国关于莫言的学术研究肇始于 1988 年在埃克斯举办的名为"中国当代文学:传统与现代"的国际研讨会的召开,会议由杜特莱教授发起,众多对中国文学感兴趣的汉学家和学者出席该会议。其中法国汉学家尚德兰宣读了题为《莫言的〈红高粱〉》③的论文,对莫言的代表作的创作背景、作家的写作风格及创新性进行了分析评述,这可以算作法国第一篇有关莫言作品的学术论文。1990 年,尚德兰翻译的《天堂蒜薹之歌》得以出版,从此她便开启了有关莫言作品的翻译及研究之路。④ 尚德兰非常注重莫言作品的翻译技巧问题,比如姓名、方言等的翻译。在 2013 年发表于《文学杂志》(Le Magazine

---

① 张寅德:《莫言,虚构之地》(*Mo Yan, le lieu de la fiction*),瑟伊出版社 2014 年。
② 里昂高等师范学院与西安外国语大学联合指导程阳阳的《寻找家族历史,勒克莱齐奥和莫言作品中的家庭元素》;巴黎第三大学尹静的《莫言在法国的接受:翻译、传播与评价(1988~2014)》;埃克斯-普罗旺斯大学弗朗索瓦·度布瓦的《莫言作品中的作者幻象》,侯英华的《中国当代文学在法国的译介(1981~2012):现状、翻译策略、问题与思考》,后三篇论文已顺利答辩通过。
③ Chantal Chen-Andro, *Le Sorgho rouge de Mo Yan*, in *La littérature chinoise contemporaine: tradition et modernité*, Aix-en-Provence, Publications de l'Université de Provence, 1989, pp. 11-13.
④ 尚德兰翻译了莫言的《天堂蒜薹之歌》《筑路》《铁孩》《檀香刑》《生死疲劳》《蛙》《会讲故事的人:诺奖典礼的演讲》《变》《超越故乡》《食草家族》以及合集《白狗秋千架》。

littéraire)的《重塑檀香》①的论文中,重点提及了在翻译《檀香刑》过程中遇到的翻译难题及解决策略。2016 年,尚德兰发表的《现实与想象中的家族史诗:〈红高粱〉和〈食草家族〉》②一文指出莫言在《食草家族》中有一个作品长度的改变,这源自于莫言借鉴福克纳、昆德拉和马尔克斯等的写作技法。在《莫言作品与外国作家作品的对话》一文中,尚德兰指出外国作家对莫言的影响如何体现在莫言的系列作品之中。而在《莫言:寻找童年》③一文中,作者分析了莫言的不幸童年经历在其作品的呈现,这一文章的发表也促使了尚德兰着手翻译莫言的《铁孩》。

杜特莱教授也是翻译与研究莫言的专家,他翻译了莫言的《酒国》《丰乳肥臀》《师傅越来越幽默》《四十一炮》以及《战友重逢》等作品,因此对莫言作品及创作风格非常熟悉。他在《莫言的〈酒国〉,与作者会谈》的文章中与莫言就《酒国》的创作背景、写作手法等问题与莫言进行了深度交流。随后他发表《〈酒国〉中莫言的现代书写》④一文,分析了莫言在《酒国》作品中特别新颖奇特的写作手法。

巴黎三大比较文学研究中心主任、比较文学教授张寅德虽不从事莫言作品的法译工作,但其对莫言的研究工作却十分出色,这源自其对中国当代文学特别熟悉,且擅长中法比较文学研究。他发表了一系列论文⑤,就莫言作品的主题、创作手法、写作风格等进行了分析,也对以莫言为代表的中国当代

---

① Chantal Chen-Andro, *Restituer le parfum du santal*, in Magazine littéraire, n°534, 2013.

② Chantal Chen-Andro, *La saga familiale entre le réel et l'imaginaire: le Clan du sorgho et le Clan des chiqueurs de paille*, in Yinde Zhang, Shuang Xu, Noël Dutrait, *Mo Yan au croisement du local et de l'universel*, Paris, Seuil, 2016, p. 330.

③ Chantal Chen-Andro, *Mo Yan: A la recherche de l'enfance*, Slate, le 23 octobre 2012.

④ Noël Dutrait, *L'écriture moderne de Mo Yan dans le Pays de l'alcool*, in Annie Curien, *Ecrire au présent: débats littéraires franco-chinois*, Paris, Editions de la MSH, 2004, p. 232.

⑤ 曾发表《莫言与世界文学》《生的文学:莫言作品中的人和动物》《莫言作品中的怪诞》《残酷现实主义:关于莫言的〈檀香刑〉》等。

文学与世界文学的关系进行了论证。基于其一系列充分的前期研究工作,他于2014年出版了法国首部研究莫言的专著《莫言:想象之地》[①],在瑟伊出版社出版,受到学界广泛好评。该专著对莫言作品以记忆、批评和想象三个视角展开论述,并通过分析莫言作品的不同主题和语言风格来展现作家的政治观点和社会责任。

在"诺奖"效应的刺激下,法国有关莫言及其作品的学术研究已呈现系统化、多样化特征。以上三位学者开展的莫言研究工作已经非常出色,但在法国绝不仅仅只有这三位专家研究莫言,莫言已引起越来越多法国汉学家和学者的关注。特别是2013年和2014年在法国举办的莫言国际学术研讨会,这是法国第一次举办有关一位中国当代作家的研讨会。来自中国、美国、瑞士、意大利、瑞典和法国等国家的几十位从事莫言作品翻译与研究的专家与会。其中将莫言作品翻译成法文最多的汉学家尚德兰以《莫言作品与外国作品对话》为题,阐述了中外作家对莫言的影响。罗蕾雅与与会专家学者分享了翻译莫言短篇小说的体会,探讨关于嗅觉、听觉和象声词的处理方法。瑞典翻译家陈安娜以《莫言在瑞典的翻译与接受》为题,阐述了莫言作品在瑞典的译介历程及作品翻译中国的困难及应对策略。林雅翎则以《翻译〈红高粱〉》为题,与会者分享了她的翻译经验及体会。张寅德教授从莫言获得诺贝尔文学谈及中国文学与世界文学的关系,论述了中国文学在世界文学中的地位等。黄晓敏以详细资料介绍了莫言作品在法国的传播,分析文化特征在西方读者中的阅读效果,并对莫言获奖在西方的反响做了概述。来自美国哈佛大学的王德威教授以《想象乡愁:莫言与中国乡土主义》为题,论述了莫言与鲁迅、沈从文、赵树理和孙犁等乡土作家的渊源。上海复旦大学陈思和教授的论文《莫言与中国当代文学的演变》由法文译者代为宣读。金丝燕教授的论文《面对"新世界"的诱惑——莫言的反乌托邦小说》以《生死疲劳》的叙事语言为例,揭示了小说人物的反乌托邦倾向。安妮·居里安则关注莫言作品中的儿

---

① Zhang Yinde, *Mo Yan*: *le lieu de la fiction*, Paris, Seuil, 2014.

童视角,徐爽作了《莫言小说中的荒诞》的发言,说明莫言继承了以蒲松龄为代表的中国志怪小说传统。杜特莱教授对莫言与其他中文作家的风格进行了比较。

目前,法国有关莫言作品研究也呈现出多样性的特点。有关莫言作品在法国的译介与接受已成为一个新的领域。张寅德发表《中国当代文学近20年在法国的翻译与接受》[1]以及《莫言在法国:翻译、传播与接受》[2],黄晓敏发表《莫言在法国的接受》[3],共同阐释莫言作品在法国的翻译状况以及真实的接受度问题。近年来,有关莫言与其他中外作家的作品比较成为热点。通过比较研究可以揭示其主题的汇聚以及莫言作品与其他作家作品的互文性特征。其中有莫言与中国文学传统的比较,旨在表现莫言写作的创新与对中国文学传统的继承。如《莫言与红色小说》[4],提到莫言与中国20世纪50年代小说的相似之处。论文《莫言作品与外国文学作品对话》分析莫言所受中外作家的影响。

有关莫言作品文本研究也是诸多汉学家重点关注的视角。以文本主题、叙事方法、语言特色等视角为切入点,对莫言作品进行全方位透视。徐爽的论文《莫言作品中的身体想象及越界书写》[5]揭示《红耳朵》中有关身体描写的越界与规则之间的关系。在《莫言作品中社会思想的叙事建构》一文中,意大利威尼斯大学的尼克莱塔·皮萨罗论证了莫言小说的叙事结构。

总而言之,通过有关莫言国际研讨会的召开以及首部莫言研究专著的出

---

[1] 张寅德:《中国当代文学近20年在法国的翻译与接受》,《中国比较文学》2000年第1期。

[2] 张寅德、刘海清:《莫言在法国:翻译、传播与接受》,《文艺争鸣》2016年第10期。

[3] Huang Xiaomin, *La réception de Mo Yan en France*, in Yinde Zhang, Shuang Xu, Noël Dutrait, *Mo Yan au croisement du local et de l'universel*, Paris, Seuil, 2016, p. 27.

[4] Isabelle Rabut, *Mo Yan et les romans rouges*, in Yinde Zhang, Shuang Xu, Noël Dutrait, *Mo Yan au croisement du local et de l'universel*, Paris, Seuil, 2016, p. 237.

[5] Shuang Xu, *Imaginaire du corps et écriture transgressive chez Mo Yan*, in Yinde Zhang, Shuang Xu, Noël Dutrait, *Mo Yan au croisement du local et de l'universel*, Paris, Seuil, 2016, p. 361.

版,法国的莫言研究已经达到一定的广度和深度。法国汉学界一直不遗余力地推动莫言研究的向前推进。随着中法两国有关莫言研究的持续深入,我们有理由相信法国的莫言学术研究会有更加广阔的前景。

第二节 主流媒体对莫言作品的评论

莫言在国内外斩获多项文学大奖,各类文学奖项的授奖词高度凝练,准确地概括了其作品的重要特征和作家的创作成就。透过颁奖词也可以看出主流媒体对莫言的评价。莫言先后获得法国"儒尔·巴泰庸"外国文学奖、"法兰西艺术与文学骑士勋章"[①]以及2012年诺贝尔文学奖。

2001年,莫言因《酒国》的法译本获得"儒尔·巴泰庸"(Laure Bataillon)外国文学奖,授奖词是:"由中国杰出小说家莫言原创、优秀汉学家杜特莱翻译成法文的《酒国》,是一个空前绝后的实验性文体。其思想之大胆,情节之奇幻,人物之鬼魅,结构之新颖,都超出了法国乃至世界读者的阅读经验。这样的作品不可能被广泛阅读,但却会为刺激小说的生命力而持久地发挥效应。我代表评委会宣布,2001年的'儒尔·巴泰庸'外国文学奖授予莫言和杜特莱。"[②]

该颁奖词对《酒国》作出较为全面的评价,特别指出该作品作为"实验性文本"的特色,这主要指该作品集侦探小说、严酷现实主义小说、象征主义小说、武侠传奇小说和抒情小说于一体,突出了莫言小说写作的创新性。

2004年巴黎图书沙龙期间,莫言与余华、李锐一起被法国文化部授予"法兰西艺术与文学骑士勋章"。法国文化部长让·雅克·阿雅贡给予莫言

[①] 法兰西艺术与文学勋章(Ordre des Arts et des Lettres)用来表彰全世界在艺术或文学领域享受盛誉,或对弘扬法国和世界文化作出特殊贡献的法国人或外国人,是法国政府授予文学艺术界的最高荣誉,截至2018年年底,获此殊荣的中国当代作家有陆文夫、韩少功、莫言、李锐、余华、李昂、王安忆、铁凝、毕飞宇等。

[②] 莫言研究会:《莫言与高密》,中国青年出版社2011年版,第172~173页。

的授奖词是:"您写作的长、短篇小说在法国广大读者中已经享有盛名。您以有声有色的语言,对故乡山东省的情感、反映农村生活的笔调、富有历史感的叙述,将中国的生活片段描绘成了同情、暴力和幽默感融为一体的生动场面。您喜欢做叙述试验,但是,我想最引起读者兴趣的还是您对所有人物,无论是对和您一样的农民出身者还是您所描写的干部,都能够以深入浅出的手法来处理。我很荣幸地授予您艺术与文学骑士勋章。"①

该授奖词突出了莫言在法国的受欢迎程度以及莫言作品的特色、出色的写作技巧。的确,在法国,莫言作品被译成法文的数量最多,被称为"最受法国读者欢迎的中国当代作家",是汉学家、出版商和读者竞相追逐的目标。莫言作品恢弘大气,不满足于描写儿女情长,每部作品都在讲述转型期中的中国所面临的各类重大现实问题。而面对这些问题,莫言总是能够以诙谐幽默的笔触娓娓道来,自然而又真切。

毫无疑问,诺贝尔文学奖是莫言所获的所有文学奖项中最重的一个。"诺奖"的获得证明了世界对中国当代文学的认可,是中国文学在世界产生真正影响力的一次历史性突破。授奖词是这么说的:

莫言是一位诗人,撕下了程式化的宣传画,使个体从无名大众中突显出来。他用冷嘲热讽的笔触,抨击历史及其谬误、匮乏及伪善。他在嬉笑间揭露了人类生存状态中最阴暗的一面,几乎是不动声色地给强烈象征赋予了形象……

"诺奖"的颁奖词全文凸显了莫言"虚幻现实主义融合民间故事、历史与当代"的写作方法赢得了国际文坛的尊重。莫言小说多变的叙事、多面的人物和多元的主题促成了莫言独特的中西结合、现代与传统结合的写作风格,证明其赢得"诺奖"是实至名归。

除了各类文学奖项的授奖词,法国的主流报刊如《世界报》(Le Monde)、《解放报》(La Libération)、《费加罗报》(Le Figaro)、《人道报》(L'Humanité)、

---

① 莫言研究会:《莫言与高密》,中国青年出版社 2011 年版,第 173 页。

《新观察家报》(Le Nouvel Observateur)、《视点报》(Le Point)、《读书》(Lire)以及《快报》(L'Express)等的文学专栏也非常关注莫言作品。每当莫言作品的法译本出版发行时,他们都会撰文进行评价。法国的文学评论杂志如《文学杂志》(Le Magazine littéraire)、《文学半月刊》(La Quinzaine)、《神州展望》(Perspectives chinoises)等也为包括莫言在内的中国文学预留空间,供法国文学评论家发表有关中国文学的评论文章。以上媒体就莫言及其作品的方方面面展开评论,从莫言的作家身份、莫言作品的主题到写作风格、语言特色以及莫言对中国文学传统的继承或叛逆等视角发表了一系列评论文章。其中,"法国人对莫言作品评价集中于两点:幻觉现实主义(réalisme hallucinatoire)和拉伯雷式的粗野(truculence rabelaisienne)"[①]。

《世界报》在莫言获奖后第一时间发表评论:"莫言,是一位懂得把幽默与讽刺、现实与虚幻较好融合的作家,他不想复制西方小说,更愿意想象能够反映中国现实的小说。"《世界报》撰文指出,莫言作品中,文艺复兴时期法国作家拉伯雷式的粗犷无处不在。《世界报》评论,莫言、贾平凹、阎连科等中国作家,代表了中国当代文坛的繁荣,在他们的作品中,也能看到当代中国的方方面面。《世界报》还特别指出,支撑莫言作品的,全部都是东方的智慧,但他的作品与大部分中国当代作品不同。莫言的书中,没有大规模对意识形态的探讨,注意力都放在小人物的命运和生活上。莫言的获奖也会为最普通的人们带来更多的关注。法国广播电台则在网站上刊登了一些网友对莫言获奖的质疑之辞,认为他并没有在社会民生上作出应有的贡献。《世界报》认为,诺贝尔奖颁给莫言,一方面肯定了他作为作家的地位,另一方面也是对他政治立场的妥协。法国《世界报》也写道,莫言笔下有很多女人,母性让她们在面对困境时变得强大。莫言演讲中所选择的几件小事既是他心目中的母亲的剪影,也是他笔下所有女性角色都富有的母性特征。

---

① 袁莉:《从莫言作品在法国的译介——谈中国文学的西方式生存》,《中国梦:道路·精神·力量——上海市社会科学界第十一届学术年会文集》,2013年。

《费加罗报》文章回顾了莫言的成长经历,说他在中国农村长大,到17岁还干着照管牲畜、收割高粱等农活,借着油灯光听老一辈讲述那些充满鬼神的中国民间故事和传说,是他小时候唯一的娱乐。莫言说过,童年的艰苦生活是他无穷无尽的灵感源泉。《费加罗报》评论道:"在其作品法译本的早期译者之一林雅翎看来,他非常乐于从长度、宽度和厚度上描绘一场大屠杀式的盛宴。"

2004年在参加法国图书沙龙期间,《人道报》在2004年3月18日发表了一篇题为《莫言:饥饿的农民,渴求真理的作家》的专访报道文章,就其关心的一些问题向莫言进行了提问。该报认为:"莫言是一位多产的、执着的作家,他以作品的新颖性成为了中国当代文学的一员悍将。"[1]《人道报》的文学专栏发表著名评论员让-克洛德·勒布朗的评论文章,他认为"莫言是新生代作家,《丰乳肥臀》展示了写作的另一面"[2]。

《视点》报发表了《不该讲话的人》的文章,其中说道:"人们称他为中国的马尔克斯,《丰乳肥臀》可以与马尔克斯的《百年孤独》相媲美。"[3]《视点》报记者玛丽-弗朗索瓦·勒克莱评论莫言道:"这是位扎根传统文化的讽刺家,他能够把虚幻和现实融合在一起。"[4]

法国《新观察家》杂志网站评论说,莫言是中国作家里风格"最粗犷、最有力、最有独创性"的一个。《巴黎人报》说,莫言三十多年来的创作,是对中国当代社会发展历程的"听诊"。《法兰西西南部报》评价道:"莫言在其作品中以拉伯雷式的粗野描绘了性和酷刑的场景,再现了战争和纵酒作乐带给人类的痛苦。他的现实主义手法和他对故土的眷恋,足以让这位57岁的作家可

---

[1] Dominique Vital, *Mo Yan*:*paysan affamé, écrivain assoiffé de vérité*, l'Humanité, le 18 mars 2004.

[2] *Mo Yan Génération renouveau*, la chronique de Jean-Claude Lebrun, le 18 mars 2004.

[3] *L'homme qui ne devait pas parler*, le Point, le 18 mars 2004.

[4] *Mo Yan, écrivain de la Chine entre truculence et réalisme*, le Point, le 11 octobre 2012.

以与美洲人威廉·福克纳和哥伦比亚人加西亚·马尔克斯比肩。他从此与两位杰出的前辈一起进入诺贝尔文学奖得主的行列。"①对那些还不熟悉莫言的法国读者,《快报》周刊推荐了5部莫言作品:《红高粱家族》《丰乳肥臀》《酒国》《檀香刑》和《蛙》。《世界邮报》评价其作品《檀香刑》时说:"《檀香刑》既是一幅伟大的历史画卷,又是作者对于中国通俗文学的抗争。莫言喜欢把文学比作人类的头发。头发的有无对于一个个体的美貌至关重要,但是一旦进入坟墓,肉体便会化作灰尘,而头发却会保存完好。"②《快讯》报评价说:"在莫言的上部作品《酒国》中有马尔考姆·劳里的风格;在他新的超过800页的长河小说《丰乳肥臀》中有加夫列尔·加西亚·马尔克斯的风格。"③

瑞士《时代》日报评论莫言:"在莫言身上有着某种拉伯雷式的东西,他重视神怪题材,创作出地狱之旅和来生转世。他很会用嘲笑但不失温柔的语气讲述乡间野史。"④在另外一篇文章中评价莫言:"莫言喜欢搞混现实与想象,他更喜欢搅乱虚幻与历史、悲剧与喜剧。"⑤比利时法语区烈日大学《在线文化》杂志评论道:"莫言作品以风格大胆、放肆和粗俗,甚至尖刻而闻名。他的作品充满尖刻、辛辣的语句,字里行间流露出强烈的情感,它与痛苦的场景互生共存。"⑥

---

① *Mo Yan prix Nobel - L'académie suédoise a distingué le romancier chinois de 57 ans*, Sud-Ouest, le 12 octobre 2012.

② Sun Limei, *Les emprunts à la littérature occidentales étouffent notre héritage*, Courrier international, supplément au n° 698, le 18 mars 2004.

③ Thierry Gandillot, *Rêve de seins dans la Chine pop*, l'Express, le 15 mars 2004.

④ Eléonore Sulser, *Mo Yan, écrivain chinois et rabelaisien*, le Temps, le 12 octobre 2012.

⑤ Eléonore Sulser, *Mo Yan, diable d'écrivain*, le Temps, le 11 octobre 2012.

⑥ Wang Peng, *80 romans de Celui qui ne parle pas*, Magazine culturel en ligne de l'Université de Liège, janvier 2010.

第三节 译者对莫言作品的评论

莫言多部作品的法文译者、普罗旺斯大学中国语言与文学教授诺埃尔·杜特莱教授曾经评价莫言的《红高粱》是中国当代文学中的一个了不起的事件。杜特莱对记者说,莫言的作品内容丰富,中国当下社会中的诸多主题——例如社会关系、腐败、传统的印记等等,他都给予关注,表现出了人类与社会关系的复杂性。对杜特莱来说,他感到最有趣的,是莫言总在尝试不同的写作风格。比如,《酒国》像是一本侦探小说;《丰乳肥臀》是一部宏大的史诗般的小说,足可以和托尔斯泰、巴尔扎克和马尔克斯的作品媲美;《檀香刑》有民间戏曲的印记;《蛙》的最后一部则是一出有萨特风格的戏剧……杜特莱说,莫言的与众不同之处,在于他强大的写作能力,以及独创又多元的写作风格。杜特莱说,莫言有敢于触及中国当代社会最尖锐问题的勇气。而他总是从人性的角度来思考和写作这些问题。这就使他获得了一种独立的身份:他既不是异议人士,也并非官方作家,而是一位深植于他的社会和人民的独立作家。杜特莱曾就莫言获得 2012 年诺贝尔文学奖一事发表评论:"在我看来,2012 年的诺贝尔文学奖选择了莫言,这是一个非常棒的选择。莫言涉及了关于中国社会的所有主题,同时也从来没有忽视文学本身的品质。他不是一个站在这边或那边的政治激进主义分子,而是一个讲故事的人、一位作家、一个关注周围世界的观察者。他能探测人类的灵魂,并展现美与丑、人性与非人性在什么程度上是接近的。他的作品的广度使他成为一个文学巨人。"[①]

---

① 刘云虹、杜特莱:《关于中国文学对外译介的对话》,《小说评论》2016 年第 5 期。

第四节　出版人对莫言作品的评论

法国瑟伊出版社编辑安娜·萨斯图尔内（Anne Sastourné）曾经谈到，法国的出版商很久以前就与莫言建立了合作关系。她还说，法国的编辑们很早就意识到莫言是一位伟大的作家。毕基耶出版社负责人菲利普·毕基耶表示，"是时候让大家了解和发现中国当代作家了"。他认为，在中国文学的"森林"里，莫言无疑是一棵"大树"。莫言作品在法国的发行商安德·伟利对法国《世界报》记者说："世界上从来没有一个作家，像莫言一样，有着如此特别的写作手法。他的风格非常特别非常引人注目。他是非常特别的。"毕基耶先生曾对《世界报》表示："我已经被他（指莫言）的想象力，他作品的广度，他诗一样的语言所吸引了。"他还说："莫言就像是中国文学森林里的一棵大树，但是他不会遮住其他树的光彩，比如阎连科等优秀当代作家。现在是读者们发现中国文学森林的时刻了。"

第五节　普通读者对莫言作品的评论

要了解法国普通读者对于莫言作品的评论不是易事，我们只能借助互联网等现代化媒介[①]才可以知晓。在已出版的莫言作品法译本中，《丰乳肥臀》《师傅越来越幽默》《蛙》是最受法国普通读者欢迎的前三部作品。

法国网民曾经说《丰乳肥臀》是一部优美的长篇小说，小说生动地描写了20世纪中国的农村生活，这部小说同时是一部家庭史诗。小说热情讴歌了母亲的伟大、朴素与无私，生命的沿袭的无与伦比的重要意义。

我们注意到，越是描写跟当下中国现实紧密联系的社会问题的作品越能

---

① 法国亚马逊图书网站（www.amazon.fr）以及法国最为人所知的文学评论网站（www.babelio.com）。

引起法国读者的兴趣。比如《蛙》反映了畸形的计划生育政策,《生死疲劳》描述了从"大跃进"到改革开放前这一时期的社会转型,《红高粱》则讲述中日之间战争的残酷,《酒国》揭露了官场的贪腐等。法国读者认为,莫言通过讽刺的笔触揭示了转型期中中国存在的一系列社会问题。《师傅越来越幽默》是莫言的一部短篇小说,备受法国普通读者的喜爱,他们认为"这是一部很容易读懂的且很幽默的小说,小说夹杂着天真与讽刺的气息。然而却能让读者在痛苦中感受着小说中主人公的悲惨命运"。他们对莫言拉伯雷式的语言风格以及粗犷的语言特色大加赞赏。他们折服于莫言天才般的想象力及不断变换创新的写作风格。

然而,法国有些读者也表达着对莫言小说的"不满"。这或多或少地反映出莫言作品在法国接受的困难。主要表现为莫言作品的冗长以及作品中许多与法国文化天壤之别的细节。读者们认为莫言小说的冗长是阅读过程中的第一大障碍,因为莫言作品中充斥着无休止的描写,并在细节描述上显得过于繁琐。他们认为必须全神贯注才能进入小说的世界。作品中复杂的人物关系以及纷繁的细节描写常常令读者被迫中断阅读。《丰乳肥臀》法译本共计800多页,这就很难让一位普通读者耐心读完并理解作品。此外莫言的作品中多是很长的句子,被译成法文后显得更加冗长,这都加大了阅读的难度。

此外,莫言在作品中常常借助民间信仰、宗教仪式或是地方方言、中国式俗语、京剧语言和地方歌曲等来讲述中国传统风俗。这就给法语译者带来极大的困难,他们找不出对应的法语词汇和句法来译出这些语句,即使译出来也让读者一头雾水,不知所云。这就是翻译中的"不可译性"(intraduisibilité)。另外还有巨大的文化差异,以及人名、地名、称谓和时态转换上带来的不可译性,都是阻碍读者阅读中国文学作品的因素。

巴黎中国文化中心读书俱乐部(Club de lecture du Centre culturel de Chine)的第一期读书会于2018年10月16日在巴黎举行。读书会由汉学家布吉利特·杜赞(Brigitte Duzan)主持,主题是有关莫言两部作品《白狗秋千架》和《蛙》的阅读分享。与会者均表示曾阅读过莫言的作品，大多数读者都是从《丰乳肥臀》开始关注和喜欢莫言的。他们惊叹于莫言在该部作品里描述乡村的细腻与现实的写作风格，他们对莫言的能够融合幽默与讽刺、暴力与温和的写作风格大加赞扬，这种风格突出表现在《师傅越来越幽默》这部作品中。与会者还谈到，相较长篇小说，他们更喜欢莫言的短篇小说。《白狗秋千架》是他们非常喜欢的短篇小说合集。

《食草家庭》是唯一的在与会者中得到较负面评价的作品，他们觉得该部作品叙述太过复杂，情节、线索太多，很难让读者有耐心坚持读下去。在谈到《蛙》这部作品时，他们认为该部作品直面计划生育政策，却能够在中国得以出版，是一件令人难以想象的事情。

读书会的成功举办，可以让法国普通读者进一步认识和了解莫言及其创作。这也从侧面表明了莫言在法国的受欢迎程度。相信随着这一活动的持续举办，将有更多的中国作家被介绍给普通读者，让他们真正认识中国当代文学的多彩魅力。

第六章　中国当代文学法译的困境与出路

近年来,随着中国文化"走出去"国家战略的实施,越来越多的法国人渴望了解当代中国发展的现实,法国出版社争相出版中国当代文学作品,相当一批中国当代作家的作品在法国翻译和出版,除了莫言、余华、毕飞宇、贾平凹、苏童、池莉、阎连科等在法当红的作家之外,还有其他如姜戎、方方、张抗抗、刘震云、刘心武、周大新、野莽等一批中国作家的作品也先后被译介到法国并受到了一定程度的关注。中国当代文学在法国渐受瞩目,正与拉丁、日本及北美文学并驾齐驱。

然而相较法国文学在中国译介与传播的大热,中法文学互译存在严重不对等的现状。也就是说作为世界上两个历史悠久的文学大国,多少年来法国文学一直享誉全球,是中国文学界学习和模仿的对象;而中国文学在法国却影响甚微。这种说法虽然有些夸张,因为无论怎么说,中国文学还是已经有了一定的影响,但总体来看,中法文学互相关注度不对等的确是一个不争的事实。目前,中国作家协会有注册会员作家9000多人,全国网络作家超过十万人,但有作品被译介到国外的作家仅有200多人,而作品在国外真正有影响力的当代中国作家可以说寥寥无几。

出现上述困局的原因绝对不能归咎于中国当代文学作品的质量。作家王晋康说:"莫言获得了诺贝尔文学奖,曹文轩获得了国际安徒生奖,刘慈欣的《三体》也获得了雨果奖,这充分说明中国当代文学作品的质量。他们几位绝不是中国当代文学的孤峰,刘震云、贾平凹、麦家等当代作家的作品都堪称上乘,完全具备走出去的实力。"①

作为中国文化"走出去"这一宏大工程的直接参与者,作家、译者、出版人等,他们各自如何看待中国文学"走出去"?他们对中国文学"走出去"的现状有何认识?在中国文学"走出去"过程中存在哪些问题及障碍?有无解决良策?这是关乎中国文化"走出去"的战略能否真正实现,关乎如何真正向域外讲好中国故事、传递中国声音、展现中国风貌的一个重大而紧迫的课题。

第一节 作家谈

目前在法国具有代表性和较大影响力的中国当代作家,如莫言、余华、毕飞宇、贾平凹、苏童、阎连科、贾平凹等,在法国的译介相当活跃。他们在接受国内学者的访谈中谈及中国文学外译的感受和思考。

2012年诺贝尔文学奖得主莫言认为,提高作品自身的质量是作品能够得到译介与传播的根本要素。他曾表示:"我敬重、感谢翻译家,这其中包括将外国文学翻译成中文的翻译家,也包括将中国文学翻译成外文的翻译家。没有他们的劳动,像我这样的作家,就没法了解外国文学,中国文学也没法让外国读者了解。文学的世界性传播依赖翻译家的劳动,当然,翻译过来或翻译出去,仅仅是第一步,要感动不同国家的读者,最终还依赖文学自身所具备的本质,也就是关于人的本质。"②作品的艺术性越强,翻译的价值就越高,被译介的可能性就越大。莫言曾就改编电影在国外大获成功这一事实在中国文学作品外译中的积极作用做过以下论述:"法国是全世界译介中国当代文学最多的国家,仅我一人,就有二十多种译本。必须承认,张艺谋等人的电影走向世界之后,引发了西方阅读电影背后的小说原著的兴趣,但这种推力是

---

① 韩业庭:《中国当代文学走出去难在哪里》,载2017年4月1日《光明日报》。
② 许钧、莫言:《关于文学与文学翻译——莫言访谈录》,《外语教学与研究》2015年第4期。

有限的。持续的翻译出版,还是靠小说自身具备的吸引力。"①对于作品自身的质量问题,阎连科的观点更加明确,他认为中国文学能够得以外译,必须要有质量上乘的作品:"对于中国文学的输出,我说关键是我们要写出好作品,写出值得输出的作品来。"②

在毕飞宇看来,即使作家个人的作品在国外的译介数量较多,在现阶段,也并不代表中国当代文学在国际上有着普遍影响力。他坦陈:"中国文学的魅力毋庸置疑。但是,如何看待世界文学里的中国文学,我还是很谨慎的。去年得了亚洲文学奖之后,许多西方记者问我:你觉得你走向世界了吗?我的回答是否定的,没有。你也知道的,我不是一个喜爱做谦虚姿态的人,但是,我认为我也没有丧失最基本的冷静。写作的人最终都要面对世界、面对事实。"③毕飞宇认为,中国当代文学虽然有越来越多的作品得到译介,有的作家还获得了国际性的奖项,但还没有形成世界性的影响。

苏童是在域外受到关注度较高的作家之一,共有10部作品被译成法语。他对中国当代文学在域外、尤其在西方的地位有着清醒的认识。他指出:"莫言获得诺贝尔文学奖,也许短时间内会让西方文学市场'正视'中国文学,但是等到莫言效应渐渐冷却,一切都会恢复原形,'巴黎人'还将以'巴黎人'的目光看待'外省人',这不是歧视或者偏见的问题,而是某种惯性,对于西方视野来说,中国文学不仅在东方,而且在中国,与中国经济不同,它集合了太多的意识形态,是另一种肤色与面孔的文学、另一种呼吸的文学,有着宿命般的边缘性。"基于这一认识,他对中国当代文学在国际上的地位作了如下的判断:"莫言的成功,并不暗示其他中国作家的成功,莫言与'世界'的缘分,也并不契合别人走向世界的缘分。凭我个人的认识,中国文学在西方,欧美文学在中国,这两者将长久性地保持非对等地位。这几年也许会有更多的中国文

---

① 许钧、莫言:《关于文学与文学翻译——莫言访谈录》,《外语教学与研究》2015年第4期。

② 高方、阎连科:《精神共鸣与译者的"自由"——阎连科谈文学与翻译》,《外国语》2014年第3期。

③ 高方、毕飞宇:《文学译介、文化交流与中国文化"走出去"——作家毕飞宇访谈录》,《中国翻译》2012年第3期。

学在海外出版,但无法改变其相对的弱势地位。"①

海外汉学家在中国当代文学的对法译介过程中起着举足轻重的作用。中国作家与海外译者之间的良好互动是确保作品能够高质量地呈现在异域读者面前的决定性因素。拥有9部作品法译本的著名女作家池莉与译者之间就有着良好的合作关系。她曾说过:"我几乎和所有翻译我书的译者,都有联系。在翻译期间,联系还会比较频繁。比如德国的、日本的、韩国的、美国的。十几年来一直有比较多联系的,应该是何碧玉教授了。最初何碧玉名字并不叫何碧玉,那时候我对法文也还很陌生。何碧玉写信联系我,名字是法文缩写,以至于我一直以为她是个男生,直到她在巴黎火车站接我,原来是一个苗条玲珑精致的法国女人。何碧玉身边还有安比诺教授,他也是一个了不起的人。还有邵宝庆教授以及其他几位法国翻译家。他们都被何碧玉团结在一起,前前后后翻译我的多部小说。何碧玉教授的文学感觉特别细腻精准,不放过每一个细节,常常会询问我许多问题,力图让法文版更加完美。这种良好合作,对我来说,就是很理想的关系。我要说感谢都嫌轻浅,我真的很感恩。"②

在对作品翻译的处理上面,作家余华表示:"尊重原著应该是翻译的底线,当然这个尊重是活的,不是死的,正如你说的'汉语与其他语言之间的不对应性和非共通性使得这些选择变得更为困难',所以我说的'内科式的治疗'是请翻译家灵活地尊重原著,不是那种死板的直译,而是充分理解作品之后的意译,我觉得在一些两种语言不对应的地方,翻译时用入乡随俗的方式可能更好。"③

创作中极具浓厚地域特色的作家贾平凹虽然认为中国文学已经走上了世界舞台,但还很少见到具有世界影响力的典型性作品,他认为:"中国文学

---

① 高方、苏童:《偏见、误解与相遇的缘分——作家苏童访谈录》,《中国翻译》2013年第2期。

② 高方、池莉:《"更加纯粹地从作品出发"——池莉谈中国文学译介与传播》,《中国翻译》2014年第6期。

③ 高方、余华:《"尊重原著应该是翻译的底线"——关于中国文学译介与传播》,《中国翻译》2014年第3期。

可以说走上了世界舞台,但还没有写些在世界格局下的那种典型性作品。已经成为经典的作品我们都读过,那是多么震撼过我们的作品啊。我所说的营养不良、骨质疏软,就是指我们的作品还是受政治的影响太多,虽然这正在逐渐摆脱和消除着,它对整个人类的思考,对于文学的创新还做得不够。虽然现在可以说中国文学向外国文学的学习、模仿的阶段已完成,但真正属于中国文学的东西才刚刚开始,要走的路还长啊。"①中国文学作品中充斥着特殊民族传统文化积淀的方言给翻译带来了极大的困难。贾平凹就认为中国文学最大的问题是"翻不出来":"比如我写的《秦腔》,翻出来就没有味道了,因为它没有故事,净是语言。"②另外他反对外国学界对中国文学作品过度的政治或意识形态化的解读:"我最害怕用政治的意识形态眼光来套我的作品的。我的作品在这一方面并不强烈,如果用那个标志来套,我肯定不被满意。"③

中国当代作家对于中国文学外译的现状和问题有着清醒的认识,对阻碍文学译介与传播的各种因素也有着深刻的思考。他们的认识和思考为找出中国文学"走出去"的可行路径无疑具有重要的启迪和参考的价值。

著名作家叶辛认为,要使中国文学"走出去",首先要把西方人能够接受的作品先译介出去,此外,生活在海外的华裔族群中并不缺乏对文学感兴趣的文化人士,他们既了解中国文化,又在融入当地社会后,对他国文化有深入了解,如果能吸引他们来译介母语文学,也不失为一种很好的选择。作家王周生认为翻译中国文学作品时,第一稿应由外国人来翻译,当遇到涉及中国文化问题时,我们再提供帮助。

---

① 高方、贾平凹:《"眼睛只盯着自己,那怎么走向世界"——贾平凹先生访谈录》,《中国翻译》2015 年第 4 期。

② 刘江凯:《本土性、民族性的世界书写——莫言的海外传播与接受》,《当代作家评论》2011 年第 4 期。

③ 高方、贾平凹:《"眼睛只盯着自己,那怎么走向世界"——贾平凹先生访谈录》,《中国翻译》2015 年第 4 期。

第二节 译者谈

　　从事中国当代文学法译工作多年的著名翻译家林雅翎和诺埃尔·杜特莱都曾说过,翻译中国文学作品需要扎实的中文文字功底。中国文学作品中的方言、时态、家庭成员的称谓等问题以及中国作家多变的叙事风格等,都给译者带来极大困难。由此可见,中、法两国文化和语言上的巨大鸿沟是造成目前没有太多人敢于尝试中国文学的法译工作的重要原因。我们应该加强两国的文化互动与交流,邀请该领域的翻译人员来华感受中国文化与风俗,从而为他们的翻译事业减少障碍。

　　安妮·居里安觉得改变中法两国文学互译的不平衡需要双方的长期努力。她说:"中国的文化、哲学、美学、绘画等方面的图书其实更受法国读者关注。至于当代文学,巴黎书展、高校文学交流活动等都会邀请中国作家参加;随着高中大规模地普及汉语教育,阎连科等作家的作品也被纳入教材讲授;出版中文书籍的大小出版社也越来越多;电影也是法国人了解中国文学的一个渠道。"①

　　她认为:"法国在慢慢了解中国当代文学。"在谈及中国文学法译过程中的困难这一问题时她表示:一个问题是怎么处理时间的表达方式。中文基本都是用现在时,法文则像英文,有各种过去、现在、将来的动词,但比英文复杂得多。在这方面,你首先要考虑中国作家写作时的语境,理解这个作家在这篇作品中怎么表达时间。要多看中国作家的序和相关散文,看他当时处于什么创作状态。他们都是当代作家,也很友好,你可以跟他们聊天,与他们讨论对生活、社会的态度。了解他们的文化背景,可以帮助翻译者处理一些具体的翻译问题。另外,中文的模糊性比较强。在中文中,主人公做了什么事,这个动词在后面可能就省略了,但法语必须要说明。在翻译的时候,需要保护中文的模糊性,但是也不能太模糊。此外,翻译者要会写漂亮的法文,不能让

---

① 卢欢:《中国作家作品还得多"走出去"》,载 2015 年 11 月 19 日《长江商报》。

法国读者感觉这个中国作家的语言不好。你也不能让读者感觉某个创新的作家是古典作家。

何碧玉和安必诺就这一话题也曾经谈过：在文学全球化的今天，中国文学理应在世界文学中占有一席之地，但也不能一相情愿地将文学地位与经济地位或人口数量简单等同。两位汉学家一致认为："中国现代文学中历史与政治所占的分量很重，这一特点具有双重性，一方面可以让人了解中国过去动荡的历史，另一方面又因为它有'叛逆'的一面。这既是中国文学传播的优势，也是一种局限。"①此外，地缘政治的原因也是导致中国当代文学在法国译介没有达到预期效果的重要原因，因为地缘政治在文学接受中扮演着非常重要的角色。他们对政府推动中国文学"走出去"这一举措并不反感，并认为这在国际上是比较普遍的现象。

原《中国文学》出版社法文部主任吕华②认为造成目前中国当代文学作品外译的困境主要源于国内称职文学翻译者的匮乏。文学翻译难度太大，因为文学翻译需要有较高的文学修养并掌握丰富的文学语汇，特别是中文翻译，需要经过汉语环境长期浸润和磨炼才有望在此行当中有所成就。它最大的困难是将熟悉的母语译成不熟悉的目标外语，因此要想真正提高翻译水平，需要专门的团队和环境的磨炼，更离不开前辈们的言传身教和外国有关专家的指点和修正。

他认为，目前有越来越多的学习过汉语和喜爱中国文学的法国人投入到中国文学法译的工作中来，对中国文学来说，无疑是一件大好事，因为较之中国自己培养的翻译同行，他们的语言无疑更加地道和生动，也更加符合法国读者的阅读习惯，况且这也更符合联合国教科文组织的翻译宪章中有关译员的目标语言必须是自己的母语的要求。

吕华认为汉法文学翻译最理想的方式是两国高水平译者的合作，这样既

---

① 季进、周春霞：《中国当代文学在法国——何碧玉、安必诺教授访谈录》，《南方文坛》2015 年第 6 期。

② 原中国文学出版社副主编、中央编译局译审。曾翻译贾平凹的《五魁》《带灯》，方方的《落日》以及周大新的《向上的台阶》等。

能确保原作品被原汁原味地译介成法语,又能使目标语言更加地道、更加生动。他希望国家能在制度政策上给汉法文学翻译以扶持,希望更多有才华的年轻人能耐得住寂寞,投入到汉法文学翻译的事业中来,继续推动中国文学走向世界。

翻译家朱振武认为,要真正将中国文学推向世界,就必然要统筹安排,整合和优化翻译资源,同时要改变观念,认清"译出"和"译入"的本质差异,形成一种"翻译自觉"。他认为莫言的成功就在于他的创作遵循了小说创作的传统,还原了小说的本来面目。

一部作品能否在域外真正吸引读者,翻译起着决定性作用。翻译家至关重要,首先一部作品要能够吸引翻译家,才能经翻译家的巧手,使得该作品得以呈现为适合域外读者的阅读习惯的文本,并进而走进普通读者的书架。上海师范大学资深翻译家郑克鲁认为:"将本国作家的作品译成外文,最好还让目的语翻译家来做,如将莫言的作品译成法语,最好让法国人来做,即使其中有些误译也不要紧。"[①]谢天振教授对此也表示赞成,他在谈及莫言获得"诺奖"对我们的启示时说道,中国文学作品由外国著名汉学家来翻译,因而作品更加符合西方审美习惯。"我国译者外语水平很高,但在把握语言的细微变化和整体审美感方面与外国译者还是有差距的。"[②]而苏州大学教授季进则认为:"真正好的翻译是汉学家与中国学者合作的产物。"[③]在他看来,名气再大的汉学家在语言理解上也会出现问题,因而需要中国学者提供的研究资料作为参考。美国汉学家葛浩文和太太林丽君的组合就是最好的证明。

---

① 张毅、綦亮:《从莫言获奖看中国文学如何走出去——作家、译家和评论家三家谈》,《当代外语研究》2013年第7期。
② 张毅、綦亮:《从莫言获奖看中国文学如何走出去——作家、译家和评论家三家谈》,《当代外语研究》2013年第7期。
③ 张毅、綦亮:《从莫言获奖看中国文学如何走出去——作家、译家和评论家三家谈》,《当代外语研究》2013年第7期。

第三节 出版人谈

瑟伊出版社中国文学丛书主编安娜·萨斯图尔内认为,法国出版中国文学的困难主要是缺少可靠的、持续的、系统的挖掘中国优秀作品的途径。主要还是通过译者、汉学家的推荐或是编辑通过私人关系发现优秀作品。由于多凭译者的兴趣选择,所译作品随机性强,质量可能不高。

目前在法国,从事中国文学翻译的译者的收入远不足以维持生活或提高生活水平,因此大多数译者都将翻译当作副业。此外,相较美国,法国缺少合格的文学代理人,这在推介中国文学的过程中是个很大的障碍。安娜·萨斯图尔内坦承,到目前为止,她从未跟中国籍的文学代理人有过联系,也从未有中国籍的文学代理人给她推荐过中国文学作品。

在毕基耶出版社中国文学丛书的主编陈丰看来,当前中国文学正在融入世界文学体系。中国现当代文学已经打入法国图书市场,法国读者获得了通过阅读中国文学作品了解中国的机会。但她同时认为,中国输出的作品体裁相对比较单一,绝大部分的作品属于虚构文学,而近年来涌现出的大批优秀非虚构文学或者体裁难以界定的好作品未能引起足够重视。这就提醒我们,在输出中国文学作品时要重视体裁的多样性选择。

同时陈丰提醒我们,在中国,文学"走出去"国家战略不是形象工程,提升中国文学在世界文学中的影响力没有捷径可走,能做的只是保证开放自由的创作空间,提高作品的文学水平,严格监督翻译质量。当然还要靠出版人的眼光、耐心与恒心。在中国文学"走出去"的过程中要放平心态,慢慢融入世界文学。目前与拉丁美洲文学和日本文学在法国的境遇相较,得到译介的中国作家作品数量仍有很大的上升空间,这与作品的质量无关。她同时认为,某些人或许觉得许多中国作家的作品被译介到法国,主要是因为作品在国内饱受争议,满足了西方人的政治猎奇,这种观点极其荒谬。"如果以为一个中国作家可以完全凭借政治呐喊跻身世界文坛,这是低估了策划人和出版人的文学鉴赏力和对文本的判断力,低估了西方媒体和读者的文学眼光,同时也高估了西方一般读者和出版商的政治胸怀。"①出版商要追求商业利益,不会因为一个政治理念而持续地追捧一位外国作者,一部一部地出版他的作品。"当代中国作家无论是莫言、苏童、余华、王安忆、毕飞宇还是阎连科,之所以在欧美图书市场有了一席之地,完全是凭他们的写作实力。他们的写作风格截然不同,他们对体制的弊病和社会问题的敏感点也不同。一部正好触及了体制的某根软肋的优秀作品深得读者喜爱、熟悉,只因为这是部好小说,而不是因为作品的政治态度。"②

第四节 学者谈

在中国当代文学研究会会长白烨看来,中国当代文学在海外的影响力不足,问题在很大程度上出在译介方面。长期以来,中国作家的对外译介处于分散化、个体化单打独斗的状态。"哪个作家跟海外翻译家、出版机构比较熟,其作品被译介到海外的机会就大一些。"要改变以前"有什么就往外推什么"的状态,要加强选题策划和对作品的遴选,然后集中力量向海外译介。

著名翻译家许钧教授专门发文③就中国现当代文学在法国译介的现状及出路问题提出自己的见解。他认为,中国当代文学在法国的译介的总体趋势是译介的深度和广度比较有限,主要表现为发行量低、读者群较窄、对中国文学的研究比较零散而不成体系、没形成相应的学术圈等。此外该时期中国文学在法国的译介特别依赖中法两国之间的文化关系和政治语境,政治和意识形态关照较多,对文学审美要求极低。要改变这一现状,我们应该首先重视海外汉语的发展。因为只有中国的语言和文化在海外有相当的基础,语言的传播、文学的交流和文化的交流才能三位一体,形成合力,中国文学和中国

---

① 陈丰:《阎连科作品在法国的推介》,《东吴学术》2014 年第 5 期。
② 陈丰:《阎连科作品在法国的推介》,《东吴学术》2014 年第 5 期。
③ 许钧:《我看中国现当代文学在法国的译介》,《中国外语》2013 年第 5 期。

文化才会在世界上产生深刻的影响。其次是充分尊重海外汉学家的批评和意见。他们的批评和建议是建立在阅读中国文学作品的基础之上的,只有真正的阅读,才可能谈得上理解和欣赏。在当今经济全球化进程中,任何一种文学都应该在国际文坛中与他者相互交流与相互借鉴。三是拓展中法文学交流的机会,组织各类文学文化交流活动,促进西方公众对中国文学的了解和认识。最后,他建议作家在和国外出版社的合作中要关注对方的翻译动机、译者的文化立场和翻译水平。因为作品翻译质量的好坏直接影响作家及作品的海外文学形象。

许钧教授与其博士生高方合作的论文《现状、问题与建议——关于中国文学走出去的思考》①一文中列举出四大中国文学走出去存在的问题和障碍:一是文学作品译入与译出失衡,中外文学互动不足;二是外国主要语种的翻译分布不平衡,英文翻译明显偏少;三是中国当代文学译介与传播的渠道不畅,外国主流出版机构的参与度不高;四是中国现当代文学在国外的影响力有限,翻译质量尚需提高。此外,高水平译者的缺乏、研究力量的不足等,也都值得我们关注。

学者鲍晓英认为中国文学在西方的传播困境主要体现在以下方面:版权输入与输出逆差,译入与译出逆差,中国翻译文学作品销量不佳以及中国翻译文学作品普通读者较少。

复旦大学教授王宏图则认为,要推进中国文学"走出去",应加强西方对中国文化的认同感。"中国文学要在广泛意义上为国外读者理解和接受,还有赖于西方对中国文化认同感的加强及中国文化价值观的深入人心。"②上海翻译协会副会长袁莉则从心态上对中国文学"走出去"提出了自己的看法。她认为,真正意义上的文化繁荣离我们还有一段距离,现阶段不要硬提"走出去",不要强推所谓"文化名片",首先要通过中外翻译家的共同努力来培养西

---

① 高方、许钧:《现状、问题与建议——关于中国文学走出去的思考》,《中国翻译》2010年第6期。

② 张毅、綦亮:《从莫言获诺奖看中国文学如何走出去——作家、译家和评论家三家谈》,《当代外语研究》2017年第7期。

方读者,有了开阔的胸襟,中国文学才能更好地走出去。

综上所述,要使中国文化"走出去"国家战略得到有效的实施和贯彻,首先要构建融通中外的话语体系。让中国走向世界,让世界了解中国,翻译无疑担负着重要角色。长期以来,由于缺少国家层面的整体规划,有关中国文化思想的整理、译介与传播没有相对一致的理解与阐释,更没有规范的翻译标准和统一的操作规程,相关解释、翻译往往大相径庭,译法纷纭,水平参差,极易引发歧解,极大地影响了"中国声音"传播的质量和效果。

结　语

从 20 世纪 80 年代到 2018 年底,莫言小说以其独特的风格、实验性的书写、国内外众多文学大奖的获得、译者的完美翻译加上相关电影的海外影响,在法国获得持续地译介,受到法国读者的青睐。但是作品能够跨越国界而打动异域读者应该还是源自于作品本身的力量。莫言作品中表现的普世情怀、对人类命运的担忧、对于现实无情地揭露以及创作手法的不断创新等,才是其作品在法国出版界获得持续关注的最为重要的原因。

本课题以莫言作品在法国的译介为主题展开个案研究,详细整理了莫言作品的法译本目录、译介的历程以及莫言作品法译本出版后在法国所受到的评价。这能真实了解莫言在法国的译介现状,总结出译介的得失,为中法两国文学互动交流以及中国文化"走出去"的国家战略提供有益的参考和合理化建议。

中国翻译协会副会长兼秘书长黄友义曾经如是概括中国文学外译的当下背景:"我们面对的一个现实是,外国人比以往任何一个时期都更想深入地了解中国,一个标志就是大量中国文学作品被翻译成外文,在国外出版,中国文学的对外翻译任务比任何一个时期都更加繁重。"①

通过莫言作品在法国的译介与传播,我们可以看到,要促进中国当代文学在海外的译介与推广,中国当代文学应首先注重自身品质,努力打造精品,此外要重视"翻译"的作用,培养和发展有文学素养的法语人才,重视与海外汉学家的联系,目前看来,采取中法两国翻译家合作的方式是较为稳妥的办

---

① 王杨:《译介传播:推动中国文学"走出去"》,载 2010 年 8 月 13 日《文艺报》。

法。此外,还要加强两国间文化交流的步伐,大力发展海外汉语教育,宣传中国魅力,让法国公众加深对中国当代文学与文化的了解,为促进中国当代文学外译创造一个良好的外部环境。

但我们应该清醒地认识到,在中国文学外译的过程中还存在不少问题。如译介渠道不畅、选题过于集中、译本翻译质量良莠不齐、中国当代文学的受众不广等。从接受层面看,"在法国主流社会对中国当代文学的接受中,作品的非文学价值受重视的程度要大于其文学价值,中国文学对法国文学或其他西方文学目前很难产生文学意义上的影响"[①]。上述种种问题的存在,足以证明中国文学"走出去"是一个系统性工程。我们应该放平心态,不要过度地主动介入中国文学的海外传播,还是应该回归到文学本身,尊重西方读者的阅读及审美情趣,以更多的文学精品渐进式地吸引、感召和影响读者,学会引导西方公众关注作品所具有的文学和诗性价值。

此外,我们还应该以豁达的心态面对法国媒体对中国当代文学持有的诸多不同意见,中法两国巨大的语言及文化差异导致读者阅读口味众口难调。中国文学书籍很难在法国图书市场取得可观的销售数字。中国当代文学一旦被翻译成法文出版,就要自觉接受西方出版人、批评家、媒体和读者的评价。

新时期里,在中法两国良好的文学与文化互动的有利背景下,中国当代文学在法国已开始改变"少数的""边缘的"身份,正在成为多元外国文学的一员,我们期待着中国当代文学为更多的法国读者所了解,希望中法两国的文学交流越来越深远、越来越密切。以莫言为代表的中国当代文学在法国的译介与传播,正是法国对中国民族精神探索的历史,也是法国人对中国文学呼唤的历史。而如何让莫言译作真正被法国读者接纳与欣赏,还有很长的路要走。

---

① 许钧:《我看中国现当代文学在法国的译介》,《中国外语》2013年第5期。

参考文献

中文参考文献：

专著：

1. 孔范今、施战军主编：《莫言研究资料》，济南：山东文艺出版社，2006年。
2. 叶开：《莫言评传》，郑州：河南文艺出版社，2008年。
3. 莫言：《小说的气味》，沈阳：春风文艺出版社，2003年。
4. 钱林森：《中国文学在法国》，广州：花城出版社，1990年。
5. 谢天振：《译介学导论》，北京：北京大学出版社，2007年。
6. 许钧：《翻译论》，武汉：湖北教育出版社，2003年。

期刊论文：

1. [法]安妮·居里安著，施康强译：《法国出版界对中国当代文学的认识与认同》，《法国汉学》，1999年，第4辑。
2. 陈丰：《阎连科作品在法国的推介》，《东吴学术》，2014年第5期。
3. 陈丰：《中国文学正融入世界文学体系——以法国翻译出版中国当代文学为例》，《文汇读书周报》，2017年9月第一、二版特稿。
4. 陈思和：《莫言与中国当代文学》，《扬子江评论》，2014年第5期。
5. [法]杜特莱：《莫言谈中国当代文学边缘化》，《山东大学学报》（哲学社会科学版），2003年第2期。
6. 高方：《从翻译批评看中国现代文学在法国的译介与接受》，《外语教学》,2009年第1期。

7. 高方、许钧:《现状、问题与建议——关于中国文学走出去的思考》,《中国翻译》,2010年第6期。

8. [法]何碧玉著,周丹颖译:《现代华文文学经典在法国》,《南方文坛》,2015年第2期。

9. [法]何碧玉、毕飞宇:《中国文学走向世界的路还很长……》,《东方翻译》,2011年第4期。

10. 季进、周春霞:《中国当代文学在法国——何碧玉、安必诺教授访谈录》,《南方文坛》,2015年第6期。

11. 李朝全:《中国当代文学对外译介成就概述》,《文艺报》第3版,2007年11月。

12. [法]林雅翎:《中国当代文学在法国》,中国作家网,2004年11月。

13. 刘云虹、杜特莱:《关于中国文学对外译介的对话》,《小说评论》,2016年第5期。

14. 许多:《中国文学译介与影响因素——作家看中国当代文学外译》,《小说评论》,2017年第2期。

15. 许多:《中国当代文学在西方译介与接受的障碍及其原因分析》,《外国语》,2017年第4期。

16. 许钧:《我看中国现当代文学在法国的译介》,《中国外语》,2013年第9期。

17. 许钧、莫言:《关于文学与文学翻译——莫言访谈录》,《外语教学与研究》,2015年第4期。

18. 许一明:《译者的视阈:莫言〈丰乳肥臀〉法译本注释的文化解读》,《文艺争鸣》,2016年第8期。

19. 袁莉:《从莫言作品在法国的译介——谈中国文学的西方式生存》,《中国梦:道路·精神·力量——上海市社会科学界第十一届学术年会文集》,2013年。

20. 张毅、綦亮:《从莫言获诺奖看中国文学如何走出去——作家、译家和评论家三家谈》,《当代外语研究》,2013 年第 7 期。

21. 张寅德:《中国当代文学近 20 年在法国的翻译与接受》,《中国比较文学》,2000 年第 1 期。

22. 张寅德:《莫言在法国:翻译、传播与接受》,《文艺争鸣》,2016 年第 10 期。

23. 郑赟、顾忆青:《困境与出路:中国当代文学译介探讨》,《中国外语》,2012 年第 5 期。

24. 周新凯、高方:《莫言作品在法国的译介与解读——基于法国主流媒体对莫言的评价》,《小说评论》,2013 年第 2 期。

25. 祝一舒:《翻译场中的出版者——毕基埃出版社与中国文学在法国的传播》,《小说评论》,2014 年第 2 期。

学位论文:

1. 杭零:《中国当代文学在法国的翻译与接受》(博士学位论文),南京大学 2008 年。

2. 李牧雪:《受活》中方言的翻译——以林雅翎(Sylvie Gentil)法译本为例(硕士学位论文),大连外国语大学 2017 年。

3. 王颖:《中国当代文学在法国的出版和传播》(硕士学位论文),南昌大学 2017 年。

4. 岳琪:《莫言在法国的译介与接受》(硕士学位论文),华东师范大学 2018 年。

5. 祝一舒:《翻译场中的出版者——毕基埃出版社与中国文学在法国的传播》(硕士学位论文),南京大学 2013 年。

法文参考文献:

专著:

1. Annie Curien et Jin Siyan, *Littérature chinoise : le passé et l'écriture contemporaine : regards croisés d'écrivains et de sinologues*, Paris, éditions de la MSH,2001.

2. Annie Curien, *ALIBI : dialogues littéraires franco-chinois*, Paris, éditions de la MSH, 2004.

3. Annie Curien, *Écrire au présent : débats littéraires franco-chinois*, Paris, éditions de la MSH, 2004.

4. Annie Bergeret Curien, *ALIBI 2, Dialogues littéraires francho-chinois*, Paris, éditions de la MSH, 2010.

5. Paul Bady, *La Littérature chinoise moderne*. Paris, PUF, coll. « Que sais-je ? », 1993.

6. Gao Fang, *La Traduction et la réception de la littérature chinoise moderne en France*, préface de Jean-Marie Gustave Le Clézio, prix Nobel de littérature, coll. « Perspectives comparatistes », Paris, Classiques Garnier, 2016.

7. Jacques Pimpaneau, *Histoire de la littérature chinoise*, Arles, Philippe Picquier, coll. « Picquier poche », 2016.

8. André Lévy, *Dictionnaire de littérature chinoise*, PUF, coll. « Quadrige », 2000.

9. Noël Dutrait, *Petit Précis à l'usage de l'amateur de littérature chinoise contemporaine (1976-2001)*, Arles, Philippe Picquier, 2002.

10. Angel Pino, *Bibliographie générale des oeuvres littéraires modernes d'expression chinoise traduites en français*, Paris, You-Feng, 2014.

11. Sébastian Veg, *Fictions du pouvoir chinois : littérature, modernisme et démocratie au début du XXe siècle*, Paris, Éd. de l'École des hautes études en sciences sociales, 2009.

12. Zhang Yinde, *Mo Yan, Le lieu de la fiction*, Paris, Seuil, 2014.

13. Zhang Yinde, Xu Shuang, et Noël Dutrait, *Mo Yan, au croisement du local et de l'universel*, Paris, Seuil, 2016.

期刊论文：

1. Angel Pino et Isabelle Rabut, *Panorama des traductions françaises d'œuvres littéraires chinoises modernes (1994-1997)*, Perspectives chinoises, n° 45, 1998, pp. 36-49.

2. Annie Curien, *La ville et l'ailleurs, deux écrivains contemporains, Ye Si et Jia Pingwa*, Perspectives chinoises, n°62, 2000, pp. 57-64.

3. Bertrand Mialaret, *L'écrivain Mo Yan, de la dictature du Parti à celle du marché*, Métrofrance, le 24 juin 2009.

4. Bertrand Mialaret, *Mo Yan publie un roman allégorique au goût de viande*, Métrofrance, le 24 novembre 2008.

5. Brice Pedroletti, *Mo Yan en son royaume littéraire*, le 1er novembre 2012.

6. Caroline Puel, *Vous voulez le Nobel ? Publiez en français !*, le Point, le 19 octobre 2012.

7. Chantal Chen-Andro, *Le Sorgho rouge de Mo Yan*, in *La littérature chinoise contemporaine: tradition et modernité*, Aix-en-Provence, Publications de l'Université de Provence, 1989, pp. 11-13.

8. Chantal Chen-Andro, *Restituer le parfum du santal*, Magazine littéraire, n°534, 2013.

9. Christian Ferriot, *Deux éditeurs passionnés*, Lire, avril 2004.

10. Dominique Vital, *Mo Yan: paysan affamé, écrivain assoiffé de vérité*, l'Humanité, le 18 mars 2004.

11. *Ecrivain chinois, lauréat du prix Nobel de littérature en 2012*, Bibliothèque nationale de France, le 17 octobre 2012.

12. Eléonore Sulser, *Mo Yan, diable d'écrivain*, le Temps, le 11 octobre 2012.

13. Eléonore Sulser, *Mo Yan, écrivain chinois et rabelaisien*, le Temps, le 12 octobre 2012.

14. *Entretien avec Mo Yan*, Lire, février 2005.

15. *Entretiens Geneviève Imbot-Bichet (Editions Bleu de Chine) et Philippe Picquier (Editions Philippe Picquier)*, BIEF, avril 2004.

16. Isabelle Rabut, *Mo Yan, le Pays de l'alcool*, Perspectives chinoises n°61, octobre 2000.

17. Isabelle Rabut, *Yu Hua et l'espace hanté*, Les Temps modernes, mars-juin, 2005.

18. Laurence Liban, *Les Treize pas*, Lire, mars 1995.

19. *Le Clan du Sorgho de Mo Yan*, Myrco, le 10 octobre 2012.

20. *L'homme qui ne devait pas parler*, le Point, le 18 mars 2004.

21. Michel Crépu, André Claval, Thierry Gandillot, *Quatre caractères chinois*, l'Express, le 4 mai 2000.

22. *Mo Yan, prix Nobel de littérature*, Métrofrance, le 11 octobre 2012.

23. Chantal Chen-Andro, *Mo Yan, A la recherche de l'enfance*, Slate, le 23 octobre 2012.

24. *Mo Yan, l'écrivain chinois pris Nobel de littérature : La solitude et la faim ont nourri ma création*, RFI, le 18 octobre 2012.

25. *Mo Yan prix Nobel*, Sud-Ouest, le 12 octobre 2012.

26. *Mo Yan, écrivain de la Chine entre truculence et réalisme*, le Point, le 11 octobre 2012.

27. *Mo Yan Génération renouveau*, la chronique de Jean-Claude Lebrun, le 18 mars 2004.

28. *Mo Yan, nouveau Nobel de littérature ou «Celui qui ne parle pas»*, Le Monde, le 11 octobre 2012.

29. *Mo Yan prix Nobel-L'académie suédoise a distingué le romancier chinois de 57 ans*, Sud-Ouest, le 12 octobre 2012.

30. Noël Dutrait, *Rencontre avec quatre écrivains taiwanais*, Perspectives chinoises, n°46, 1998.

31. Noël Dutrait, *Le Pays de l'alcool de Mo Yan. Entretiens avec l'auteur*, Perspectives chinoises, n°58, 2000.

32. Noël Dutrait, *L'irrésistible poids du réel dans la fiction chinoise contemporaine : le cas de Gao Xingjian et de Mo Yan*, in Annie Curien et Jin Siyan, *Littérature chinoise : le passé et l'écriture contemporaine : regards croisés d'écrivains et de sinologues*, Paris, éditions de la MSH,

2001, pp. 35-44.

33. Noël Dutrait, *Mo Yan est un ogre*, le Nouvel observateur, le 11 octobre 2012.

34. Noël Dutrait, *Trop officiel ou trop subtil ?*, Magazine littéraire, n°534, 2013.

35. Philippe Grangereau, *Un écrivain « sans voix » discordante*, Libération, le 11 octobre 2012.

36. Philippe Picquier, *Dix-sept ans en Asie*, Bulletin des Bibliothèques de France, n°5, 2003.

37. Renaud Ego et Frédéric Koller, *Mo Yan, truculent et engagé*, entretien, Lire, le 1er avril 2004.

38. Sébastian Veg, *Le questionnement du monde littéraire chinois d'aujourd'hui*, octobre 2012.

39. Sun Limei, *Les emprunts à la littérature occidentales étouffent notre héritage*, Courrier international, supplément au n°698, le 18 mars 2004.

40. Thierry Gandillot, *Rêve de seins dans la Chine pop*, l'Express, le 15 mars 2004.

41. Tirthankar Chanda, *Le prix Nobel Mo Yan dans le paysage littéraire contemporain en Chine*, le 24 octobre 2012.

42. Wang Peng, *80 romans de Celui qui ne parle pas*, Magazine culturel en ligne de l'Université de Liège, janvier 2010.

43. Yannick Vely, *Mo Yan, prix Nobel de littérature*, Paris Match, le 11 octobre 2012.

44. Zhang Yinde, *La fiction du vivant. L'homme et l'animal chez Mo Yan*, Perspectives chinoises, n°112, 2010, pp. 134-141.

45. Zhang Yinde, *le roman biopolitique : quelques réflexions sur Grenouilles de Mo Yan*, Perspectives chinoises, n°4, 2011, pp. 46-47.

附录一　莫言作品法译本统计表

Le Clan du sorgho，roman，trad. du chinois par Pascale Guinot et Sylvie Gentil，Arles，Actes Sud，coll.《 Lettres chinoises 》，1990.《红高粱》

La Mélopée de l'ail paradisiaque，roman，trad. du chinois par Chantal Chen-Andro，Paris，Messidor，coll.《 Lettres étrangères 》，1990.《天堂蒜薹之歌》

Le Chantier，roman，trad. du chinois par Chantal Chen-Andro，Paris，Scandéditions，coll.《 Lettres étrangères 》，1993.《筑路》

Le Radis de cristal，récits，trad. du chinois par Pascale Wei-Guinot et Wei Xiaoping，Arles，Philippe Picquier，1993.《透明的红萝卜》

Les Treize pas，roman，trad. du chinois par Sylvie Gentil，Paris，Seuil，1995.《十三步》

Le Pays de l'alcool，roman，trad. du chinois par Noël et Liliane Dutrait，Paris，Seuil，2000.《酒国》

Beaux seins, belles fesses : les enfants de la famille Shangguan, roman, trad. du chinois par Noël et Liliane Dutrait, Paris, Seuil, 2004.《丰乳肥臀》

La Carte au trésor, récit, trad. du chinois par Antoine Ferragne, Arles, Philippe Picquier, 2004.《藏宝图》

Enfant de fer, nouvelles, trad. du chinois par Chantal Chen-Andro, Paris, Seuil, 2004.《铁孩》

Explosion, roman, trad. du chinois par Camille Loivier, préface de Chantal Chen-Andro, Paris, Caractères, coll. « Imaginaires du monde », 2004.《爆炸》

Le Maître a de plus en plus d'humour, roman, trad. du chinois par Noël Dutrait, Paris, Seuil, 2005.《师傅越来越幽默》

Le Supplice du santal, roman, trad. du chinois par Chantal Chen-Andro, Paris, Seuil, coll. « Cadre vert » 2006.《檀香刑》

La Joie, roman, trad. du chinois par Marie Laureillard, Arles, Philippe Picquier, 2007.《欢乐》

Quarante et un coups de canon, roman, trad. du chinois par Noël et Liliane Dutrait, Paris, Seuil, coll. « Cadre vert », 2008.《四十一炮》

La Dure Loi du Karma, roman, trad. du chinois par Chantal Chen-Andro, Paris, Seuil, coll. « Cadre vert », 2009.《生死疲劳》

La Belle à dos d'âne dans l'avenue de Chang'an, récits, trad. du chinois par Marie Laureillard, Arles, Philippe Picquier, 2011.《长安大道上的骑驴美人》

Grenouilles, roman, trad. du chinois par Chantal Chen-Andro, Paris, Seuil, coll. « Roman », 2011.《蛙》

Le Veau, suivi de ***Le Coureur de fond***, nouvelles, trad. du chinois par François Sastourné, Paris, Seuil, coll. « Roman », 2012.《牛；三十年前的一次长跑比赛》

Au Pays des conteurs : discours de réception du prix Nobel de littérature 2012, trad. du chinois par Chantal Chen-Andro, et de l'anglais par François Sastourné, Paris, Seuil, 2013.《会讲故事的人："诺奖"答谢词》

Le Grand Chambard, autobiographie, trad. du chinois par Chantal Chen-Andro, Paris, Seuil, 2013.《变》

Le Clan du sorgho rouge, roman, trad. du chinois par Sylvie Gentil, Paris, Seuil, coll. « Roman », 2014.《红高粱家族》

Dépasser le pays natal : quatre essais sur un parcours littéraire, trad. du chinois par Chantal Chen-Andro, Paris, Seuil, 2015.《超越故乡》

Professeur singe, suivi de ***Le bébé aux cheveux d'or***, romans, trad. du chinois par François Sastourné et Chantal Chen-Andro, Paris, Seuil, coll. « Cadre vert », 2015.《幽默与趣味；金发婴儿》

Le Clan des chiqueurs de paille, roman, trad. du chinois par Chantal Chen-Andro, Paris, Seuil, coll. « Cadre vert », 2016.《食草家族》

Les Retrouvailles des compagnons d'armes, roman, trad. du chinois par Noël Dutrait, Paris, Seuil, coll. « Cadre vert », 2017.《战友重逢》

Chien blanc et balançoire, recueil de sept nouvelles, trad. du chinois par Chantal Chen-Andro, Paris, Seuil, 2018. Contient *Chien blanc et balançoire*, *Musique du peuple*, *Trois chevaux*, *Grand Bouche*, *Oreiller en bois de jujubier*, *moto*, *La femme de Commandant*, *Graine de brigand*.《白狗秋千架》收录《白狗秋千架》《民间音乐》《三匹马》《大嘴》《枣木凳子,摩托车》《司令的女人》《野种》。

附录二 改编成获奖电影的作品法译本统计表

《城南旧事》，吴贻弓，1983

Lin Haiyin, ***Les Histoires du vieux Pékin***, roman, trad. du chinois par Yang Ping, Paris, Ifrane, 1995.

《早春二月》，谢铁骊，1983

Rou Shi, ***Février***, roman, trad. du chinois par Wang Chun-jian, avec la collaboration de Anne Thieulle, Arles, Actes Sud, 1985.

《边城》，凌子风，1985

Shen Congwen, ***Le Passeur de Chadong***, roman, trad. du chinois et notes par Isabelle Rabut, Paris, Albin Michel, coll. « Les grandes traductions », 1990.

《芙蓉镇》，谢晋，1986

Gu Hua, ***Hibiscus***, roman, trad. du chinois par philippe Grangereau, Paris, Robert Laffont, coll. « Pavillons », 1987.

《红高粱》，张艺谋，1987

Mo Yan, ***Le Clan du sorgho***, roman, trad. du chinois par Pascale Guinot et Sylvie Gentil, Arles, Actes Sud, coll. « Lettres chinoises », 1990.

《菊豆》，张艺谋、杨凤良，1990

Liu Heng, *Ju Dou ou l'Amour damné*, trad. par Tang Zhi'an et Lü Hua, préface de Li Ziyun, Beijing, Littérature chinoise, coll. « Panda », 1991.

《大红灯笼高高挂》，张艺谋，1991

Su Tong, *Epouses et concubines*, roman, trad. du chinois par Annie Au Yeung et Françoise Lemoine, Paris, Flammarion, coll. « Lettres d'Extrême-Orient », 1992.

《霸王别姬》，陈凯歌，1993

Li Bihua, *Adieu ma concubine*, roman, trad. du chinois par Geneviève Imbot-Bichet, Paris, Flammarion, coll. « Lettres d'Extrême-Orient », 1993.

《凤凰琴》，何群，1994

Liu Xinglong, *La Déesse de la modernité*, nouvelles, trad. du chinois par Françoise Naour, Paris, Bleu de Chine, 1999.

《红玫瑰与白玫瑰》，关锦鹏，1994

Zhang Ailing, *Rose rouge et rose blanche*, roman, trad. du chinois par Emmanuelle Péchenart, Paris, Bleu de Chine, 2001.

《活着》，张艺谋、毕飞宇，1994

Yu Hua, *Vivre !*, roman, trad. du chinois par Yang Ping, Paris, Librairie générale française, coll. « Le Livre de poche », 1994.

《摇啊摇，摇到外婆桥》，张艺谋，1995

Bi Feiyu, *Les Triades de Shanghai*, roman, trad. du chinois par Claude Payen, Arles, Philippe Picquier, 2007 ; Picquier poche, 2010.

《卧虎藏龙》，李安，2000

Wang Dulu, **Tigre et dragon**, roman, Paris, Calmann-Lévy, 4 vol. : *La Vengeance de Petite Grue*, trad. du chinois par Solange Cruveillé, 2007 ; *La Danse de la Grue et du Phénix*, trad. du chinois par Solange Cruveillé, 2008 ; *Li Mubai, l'épée précieuse*, trad. du chinois par Amélie Manon, 2009 ; *Xiulian, l'épingle d'or*, trad. du chinois par Amélie Manon, 2009.

《花样年华》，王家卫，2000

Liu Yichang, **Tête-bêche**, roman, trad. du chinois par Pascale Wei-Guinot, Arles, Philippe Picquier, 2003 ; coll. « Picquier poche », 2013.

《幸福时光》，张艺谋，2000

Mo Yan, **Le Maître a de plus en plus d'humour**, roman, trad. du chinois par Noël Dutrait, Paris, Seuil, 2005.

《暖》，霍建起，2003

Mo Yan, **Chien blanc et balançoire**, recueil de sept nouvelles, trad. du chinois par Chantal Chen-Andro, Paris, Seuil, 2018.

《手机》，冯小刚，2003

Liu Zhenyun, **Le téléphone portable**, roman, trad. du chinois par Hervé Denès, en collaboration avec Jia Chunjuan, Paris, Gallimard, coll. « Bleu de Chine », 2017.

《长恨歌》，关锦鹏，2005

Wang Anyi, **Le Chant des regrets éternels**, roman, trad. du chinois par Yvonne André et Stéphane lévêque, Arles, Philippe Picquier, 2006.

《看上去很美》，张元，2006

Wang Shuo, ***Vous êtes formidable***！, roman, trad. du chinois et préface par Maité Aragonés Lumeras, Lausanne, Paris, L'Age d'homme, coll. « Vent d'Est, Vent d'Ouest », 1999.

《色戒》，李安，2007

Zhang Ailing, ***Lust, Caution（amour, luxure, trahison）***, nouvelles, trad. du chinois par Emmanuelle Péchenart, Paris, Robert Laffont, 2008.

《山楂树之恋》，张艺谋，2010

Ai Mi, ***L'Aubépine rouge***, roman, trad. du chinois par François Sastourné, Paris, Belfond, coll. « Les grands romans historiques », 2012.

《金陵十三钗》，张艺谋，2011

Yan Geling, ***Fleurs de guerre***, roman, trad. du chinois par Chantal Chen-Andro, Paris, Flammarion, 2013.

《一九四二》，冯小刚，2012

Liu Zhenyun, ***Se souvenir de 1942***, roman, trad. du chinois et annoté par Geneviève Imbot-Bichet, Paris, Gallimard, coll. « Bleu de Chine », 2013.

《白鹿原》，王全安，2012

Chen Zhongshi, ***Au pays du Cerf blanc***, roman, trad. du chinois par Shao Baoqing et Solange Cruveillé, Paris, Seuil, 2012.

《狼图腾》，让·雅克·阿诺，2013

Jiang Rong, ***Le Totem du loup***, roman, trad. du chinois par Yan Hansheng et Lisa Carducci, Paris, Bourrin, 2007.

《推拿》,娄烨,2013

Bi Feiyu, **Les Aveugles**, roman, trad. du chinois par Emanuelle Péchenart, Arles, Philippe Picquier, 2011.

《我不是潘莲》,冯小刚,2016

Liu Zhenyun, ***Je ne suis pas une garce***, roman, trad. du chinois et annoté par Brigitte Guilbaud, Paris, Gallimard, coll. « Bleu de Chine », 2015.

附录三　中国当代作家作品法译本统计表

A Cheng 阿城（1949- ）

Les Trois rois, nouvelles, trad. du chinois par Noël Dutrait, Aix-en-Provence, Alinéa, 1988.《三王》

Perdre son chemin, nouvelles, trad. du chinois par Noël Dutrait, La Tour-d'Aigues, Éd. de l'Aube, coll. « Regards croisés », 1991.《迷路》

Chroniques (1989-1990), trad. du chinois par Noël Dutrait, La Tour-d'Aigues, Éd. de l'Aube, coll. « Regards croisés », 1992；sous un nouveau titre：***Injures célestes***, coll. « L'Aube poche », 2004.《九十年代》

Le Roman et la Vie：sur les coutumes séculières chinoises, essai, trad. du chinois par Noël Dutrait, La Tour-d'Aigues, Éd. de l'Aube, coll. « Regards croisés », 1995.《闲话闲说：中国世俗与中国小说》

A Lai 阿来（藏族 1959- ）

Les Pavots rouges, roman, trad. de l'anglais (États-Unis) par Aline Weill, Paris, Éd. du Rocher, coll. « Terres étrangères », 2003.《尘埃落定》

Sources lointaines, roman, trad. par Marie-France de Mirbeck, Paris, Bleu de Chine, 2003.《遥远的温泉》

A Yi 阿乙（1976- ）

Le jeu du chat et de la souris, roman, trad. du chinois par Mélie Chen, Paris, Stock, coll. « Bibliothèque cosmopolite », 2017.《下面，我该干些什么》

Bai Hua 柏桦(1956-)

Sous les Qing, poèmes, trad. du chinois par Chantal Chen-Andro, bilingue, Paris, Caractères, 2016.《在清朝》

Bei Bei 北北(1961-)

Mon petit coin du monastère, roman, trad. du chinois et annoté par Françoise Naour, Paris, Gallimard, coll. « Bleu de Chine », 2010.《家住厕所》

Beidao 北岛(1949-)

Vagues, roman, trad. du chinois par Chantal Chen-Andro, Arles, Philippe Picquier, 1994.《波动》

Au bord du ciel, poèmes, trad. du chinois par Chantal Chen-Andro, Strasbourg, Circé, 1995.《在天涯》

13, rue du Bonheur, nouvelles, trad. du chinois par Chantal Chen-Andro, Strasbourg, Circé, 1999.《幸福大街十三号》

Paysage au-dessus de zéro, poèmes, trad. du chinois par Chantal Chen-Andro, Belval, Circé, 2004.《零度以上的风景线》

Bi Feiyu 毕飞宇(1964-)

L'Opéra de la lune, récit, trad. du chinois par Claude Payen, Arles, Philippe Picquier, 2003.《青衣》

De la barbe à papa un jour de pluie, court roman, trad. du chinois par Isabelle Rabut, Arles, Actes Sud, coll. « Lettres chinoises », 2004.《雨天的棉花糖》

Trois soeurs, roman, trad. du chinois par Claude Payen, Arles, Philippe Picquier, 2005.《玉米、玉秀、玉秧》

Les Triades de Shanghai, roman, trad. du chinois par Claude Payen, Arles, Philippe Picquier, 2007.《上海往事》

La Plaine, roman, trad. du chinois par Claude Payen, Arles, Philippe Picquier, 2009.《平原》

Les Aveugles, roman, trad. du chinois par Emanuelle Péchenart, Arles, Philippe Picquier, 2011.《推拿》

Don Quichotte sur le Yangtsé, roman, trad. du chinois par Myriam Kryger, Arles, Philippe Picquier, 2016.《苏北少年堂吉诃德》

Cai Jun 蔡骏(1978-)

La Rivière de l'oubli, roman, trad. du chinois par Claude Payen, Paris, XO éditions, 2018.《生死河》

Can Xue 残雪(1953-)

Dialogues en paradis, textes choisis, présentés et traduits du chinois par Françoise Naour, Paris, Gallimard, coll. « Du monde entier », 1992.《天堂里的对话》

La Rue de la Boue jaune, roman, trad. du chinois par Geneviève Imbot-Bichet, préface de Françoise Naour, Paris, Bleu de Chine, 2001.《黄泥街》

Cao Kou 曹寇(1977-)

Continue à creuser, au bout c'est l'Amérique, nouvelles, trad. du chinois par Brigitte Duzan et Zhang Xiaoqiu, Paris, Gallimard, coll. « Bleu de Chine », 2015.《挖下去就是美国》

Cao Naiqian 曹乃谦(1949-)

La nuit quand tu me manques, j'peux rien faire, panorama du village des Wen, trad. du chinois par Françoise Bottéro et Fu Jie, Paris, Gallimard, coll. « Bleu de Chine », 2011.《到黑夜想你没办法》

Cao Wenxuan 曹文轩(1954-)

Bronze et Tournesol, roman, trad. du chinois par Brigitte Guilbaud, Arles, Philippe Picquier, coll. « Picquier jeunesse », 2010.《青铜葵花》

Lampadaire n° 8, illustrateur, Wen Na, trad. du chinois par Marie-Christine et Gaudinat-Chabod, Paris, Mille fleurs, 2013.《第八号街灯》

Plume, illustration de Roger Mello, trad de Mathilde Colo, Paris, les Éditions Fei, 2016.《羽毛》

L'été, illustrations de Yu Rong, trad du chinois par Mathilde Colo, Paris, les Éditions Fei, 2017.《夏》

Chen Kaige 陈凯歌(1952-)

Une jeunesse chinoise, récit, trad. du chinois par Christine Corniot, Arles, Philippe Picquier, 1995.《我们都经历过的日子:少年凯歌》

Chen Ran 陈染(1962-)

Vie privée, roman, trad. du chinois par Rébecca Perront, Paris, You-Feng, 2016.《私人生活》

Chen Xiwo 陈希我(1963-)

Irritation, roman, trad. du chinois par Claude Payen, préface de l'auteur pour l'édition française, Paris, Reflets de Chine, 2009.《抓痒》

Chen Zhongshi 陈忠实(1942-2016)

Au pays du Cerf blanc, roman, trad. du chinois par Shao Baoqing et Solange Cruveillé, Paris, Seuil, 2012.《白鹿原》

Chi Li 池莉(1957-)

Triste vie, roman, trad. du chinois par Shao Baoqing, Arles, Actes Sud, coll. « Lettres chinoises », 1998.《烦恼人生》

Trouée dans les nuages, roman, trad. du chinois par Isabelle Rabut et Shao Baoqing, Arles, Actes Sud, coll. « Lettres chinoises », 1999.《云破处》

Pour qui te prends-tu ?, roman, trad. du chinois par Hervé Denès, Arles, Actes Sud, coll. « Lettres chinoises », 2000.《你以为你是谁?》

Préméditation, roman, trad. du chinois par Angel Pino et Shao Baoqing, Arles, Actes Sud, coll. « Lettres chinoises », 2002.《预谋杀人》

Tu es une rivière, roman, trad. du chinois par Angel Pino et Isabelle Rabut, Arles, Actes Sud, coll. « Lettres chinoises », 2004.《你是一条河》

Soleil levant, roman, trad. du chinois par Angel Pino, Arles, Actes Sud, 2005.《太阳出世》

Un homme bien sous tous rapports, roman, trad. du chinois par Hervé Denès, Arles, Actes Sud, coll. « Lettres chinoises », 2006.《有了快感你就喊》

Les Sentinelles des blés, roman, trad. du chinois par Angel Pino et Shao Baoqing, Arles, Actes Sud, coll. « Lettres chinoises », 2008.《看麦娘》

Le Show de la vie, roman, trad. du chinois par Hervé Denès, Arles, Actes Sud, coll. « Lettres chinoises », 2011.《生活秀》

Chi Zijian 迟子建(1964-)

La Danseuse de Yangge suivi de ***Voyage au pays des nuits blanches***, nouvelles, trad. du chinois par Dong Chun avec la collaboration de Jacqueline Desperrois, Paris, Bleu de Chine, 1997.《秧歌;向着白夜旅行》

Le Bracelet de jade, nouvelles, trad. du chinois par Dong Chun, Paris, Bleu de Chine, 2002.《旧时代的磨坊》

La Fabrique d'encens, nouvelles, trad. du chinois par Dong Chun,

Paris, Bleu de Chine, 2004.《香坊》

Toutes les nuits du monde, récits, trad. du chinois par Stéphane Lévêque avec le concours d'Yvonne André, Arles, Philippe Picquier, 2013.《世界上所有的夜晚》

Bonsoir, la rose, roman, trad. du chinois par Yvonne André, Arles, Philippe Picquier, 2015.《晚安玫瑰》

Le Dernier Quartier de lune, roman, trad. du chinois par Yvonne André et Stéphane Lévêque, Arles, Philippe Picquier, 2016.《额尔古纳河右岸》

Cui Zi'en 崔子恩(1958-)

Lèvres pêche, roman, trad. du chinois par Sylvie Gentil, Paris, Gallimard, coll. « Bleu de Chine », 2010.《桃色嘴唇》

Dai Lai 戴来(1972-)

L'Insecte sur la toile, roman, trad. du chinois par Véronique Chevaleyre, Paris, Bleu de Chine, 2003.《对面有人》

Diao Dou 刁斗(1960-)

Jumeaux, court roman, trad. du chinois par Anne Thiollier et Catherine Lan, Paris, Bleu de Chine, coll. « Chine en poche », 2001.《孪生》

Solutions, court roman, trad. du chinois par Véronique Jacquet-Woillez, Paris, Bleu de Chine, coll. « Chine en poche », 2002.《解决》

Nid de coucou, récits, trad. du chinois par Véronique Jacquet-Woillez, Paris, Bleu de Chine, coll. « Chine en poche », 2003.《孕》

La Faute, roman, trad. du chinois par Véronique Jacquet-Woillez, Paris, Bleu de Chine, coll. « Chine en poche », 2004.《罪》

Rêves, nouvelles, trad. du chinois par Prune Cornet, Paris, Bleu de Chine, coll. « Chine en poche », 2006.《梦的解析》

Dong Xi 东西(1966-)

Accrocher les coins de la bouche au bord des oreilles, nouvelles, trad. du chinois par Isild Darras, La Tour-d'Aigues, Éd. de l'Aube, coll. « Regards croisés », 2007.《把嘴角挂在耳边》

Une vie de silence et autres nouvelles, nouvelles, trad. du chinois par Isild Darras, La Tour-d'Aigues, Éd. de l'Aube, coll. « Regards croisés », 2010.《没有语言的生活及其他小说》

Tu ne sais pas combien elle est belle, nouvelles, trad. du chinois par Isild Darras, La Tour-d'Aigues, Éd. de l'Aube, coll. « L'Aube poche », 2013.《你不知道她有多美》

Sauver une vie, court roman, trad. du chinois par Amélie Manon, La Tour-d'Aigues, Éd. de l'Aube, 2013.《救命》

Duoduo 多多(栗世征 1951-)

Poèmes de Saint-Nazaire, poèmes, trad. du chinois par Chantal Chen-Andro, bilingue, Saint-Nazaire, MEET, coll. « Les bilingues », 2008.《圣纳泽尔的诗》

Questionnement, poèmes, trad. du chinois par Chantal Chen-Andro, bilingue, Paris, Caractères, coll. « Planètes », 2015.《询问》

Fan Wen 范稳(1962-)

Une terre de lait et de miel, roman, trad. du chinois par Stéphane Lévêque, Arles, Philippe Picquier, coll. « Picquier poche », 2015.《水乳大地》

Fang Fang 方方(1955-)

Une vue splendide, roman, trad. du chinois par Dany Filion, préface de Marie Claire Huot, Arles, Philippe Picquier, 1995.《风景》

Soleil du crépuscule, roman, trad. du chinois par Geneviève Imbot-Bichet, en collaboration avec Lü Hua, Paris, Stock, coll. « Nouveau cabinet cosmopolite », 1999.《落日》

Début fatal, roman, trad. du chinois par Geneviève Imbot-Bichet, Paris, Stock, coll. « Bibliothèque cosmopolite », 2001.《在我的开始是我的结束》

Feng Hua 冯华(1972-)

Seul demeure son parfum, roman policier, trad. du chinois par Li Hong et Gilles Moraton, Arles, Philippe Picquier, 2009.《如影随形》

Feng Jicai 冯骥才(1942-)

La Natte prodigieus, roman, trad. du chinois par Claude Geoffroy, avec le concours de Huafang Vizcarra et Yeh Yeo-Hwang, Paris, You-Feng, 1990.《神鞭》

Que cent fleurs s'épanouissent, roman, trad. du chinois par Marie-France de Mirbeck et Antoinette nodot, Paris, Gallimard, coll. « Page blanche », 1990.《感谢生活》

Des gens tout simples, nouvelles, trad. du chinois par Marie-France de Mirbeck, Paris, Seuil, coll. « Fictions », 1995.《俗世奇人》

Je ne suis qu'un idiot, nouvelles, trad. du chinois par Madeleine Duong, Préface de Pénélope Bourgeois, Paris, You-Feng, 1995.《我这个笨蛋》

L'Empire de l'absurde ou dix ans de la vie de gens ordinaires, récits, trad. du chinois par Marie-France de Mirbeck et Antoinette nodot, Paris, Bleu de Chine, 2001.《一百个人的十年》

Le Petit Lettré de Tianjin et autres récits, trad. du chinois par Marie-France de Mirbeck, Paris, Bleu de Chine, 2002.《俗世奇人及其他小说》

Personnages, nouvelles, bilingue, trad. du chinois par Jacques Meunier, Paris, You-Feng, 2008.《传奇》

Sentiments, nouvelles, bilingue, trad. du chinois par Yang Fen；revue par Jacques Meunier, Paris, You-Feng, 2009.《抒情》

Humour, nouvelles, bilingue, trad. du chinois par Yang Fen；revue par Jacques Meunier, Paris, You-Feng, 2010.《幽默》

La Chine éternelle, encyclopédie, trad. du chinois par Delphine Nègre, Paris, EPA-［Éd. du Chêne］, 2012.《永恒的中国》

Feng Tang 冯唐(1971-)

Qiu, comme l'automne, roman, trad. du chinois par Sylvie Gentil, Paris, Éd. de l'Olivier, coll. « Littérature étrangère », 2007.《万物生长》

Une fille pour mes 18 ans, roman, trad. du chinois par Sylvie Gentil, Paris, Éd. de l'Olivier, coll. « Littérature étrangère », 2009.《十八岁给我一个姑娘》

Feng Zikai 丰子恺(1898-1975)

Couleur de nuage, essais, textes choisis, trad. du chinois, présentés et annotés par Marie Laureillard, Paris, Gallimard, coll. « Bleu de Chine », 2010.《云霓》

Ge Fei 格非(1964-)

Nuée d'oiseaux bruns, précédé de ***La Barque égarée***, nouvelles, trad. du chinois par Chantal Chen-Andro, préface de Marie Claire Huot, Arles, Philippe Picquier, 1996.《迷舟；褐色鸟群》

Impressions à la saison des pluies, nouvelles, trad. du chinois par Xiaomin Giafferi-Huang et Marie-Claude Cantournet-Jacquet, La Tour-d'Aigues, Éd. de l'Aube, coll. « Regards croisés », 2003.《雨季的感觉》

Poèmes à l'Idiot, roman, trad. du chinois par Xiaomin Giafferri-Huang, La Tour-d'Aigues, Éd. de l'Aube, coll. « Regards croisés », 2007.《傻瓜的诗篇》

Coquillages, roman, trad. du chinois par Xiaoming Giafferri-Huang, La Tour-d'Aigues, Éd. de l'Aube, coll. « Regards croisés », 2008.《蚌壳》

Une jeune fille au teint de pêche, roman, trad. du chinois par Li et Bernard Bourrit, Paris, Gallimard, coll. « Bleu de Chine », 2012.《人面桃花》

Ondes de Chine, roman, trad. du chinois par François Sastourné, Paris, Hachette Livre, coll. « Ming books », 2015.《隐身衣》

Gerileqimuge Grue-noire 黑鹤(蒙古族 1975-)

Flamme, roman, trad. du chinois par Patricia Batto, Arles, Philippe Picquier, 2011.《黑焰》

Gu Cheng 顾城(1956-1993)

Les Yeux noirs, poèmes, trad. du chinois par Isabelle Bijon et Annie Curien, Montereau, Les Cahiers du confluent, 1987.《黑眼睛》

Guo Xiaolu 郭小橹(1973-)

La Ville de pierre, roman, trad. du chinois par Claude Payen, Arles, Phlippe Picquier, 2001.《石头镇》

Petit Dictionnaire chinois-anglais pour amants, roman, trad. de l'anglais par Karine Lalechère, Paris, Buchet-Chastel, coll. « Littérature étrangère », 2008.《恋人版中英词典》

Vingt fragments d'une jeunesse vorace, roman, trad. de l'anglais (Chine) par Karine Lalechère, Paris, Buchet-Chastel, 2009.《饕餮青春的二十个瞬间》

Han Dong 韩东(1961-)

Soleil noir, poèmes, trad. du chinois par Chantal Chen-Andro, bilingue, Paris, Caractères, coll. « Planètes », 2016.《黑色太阳》

Han Han 韩寒(1982-)

Les Trois Portes, roman, trad. du chinois par Guan Jian et Sylvie Schneiter, Paris, J.-C Lattès, 2004.《三重门》

Blogs de Chine, trad. du chinois par Hervé Denès, Paris, Gallimard, coll. « Bleu de Chine », 2012.《全球博客帖文最具影响力 n°1》

1988 : Je voudrais bien discuter avec le monde, roman, trad. du chinois par Hélène Arthus, Paris, Gallimard, coll. « Bleu de Chine », 2013.《1988：我想和这个世界谈谈》

Son Royaume, roman, trad. du chinois par Stéphane Lévêque avec le concours d'Yvonne André, Arles, Philippe Picquier, 2015.《他的国》

Han Shaogong 韩少功(1953-)

Pa pa pa, roman, trad. du chinois par Noël Dutrait et Hu Sishe, préface de Noël Dutrait, Aix-en-Provence, Alinéa, coll. « novella », 1990.《爸爸爸》

Séduction, récits, trad. du chinois par Annie Curien, Arles, Philippe Picquier, 1990.《诱惑》

Femme, femme, femme, trad. du chinois par Annie Curien, Arles, Philippe Picquier, 1991.《女女女》

L'Obsession des chaussures, nouvelle, trad. du chinois par Annie Curien, bilingue, Saint-Nazaire, Maison des écrivains étrangers et des traducteurs de Saint-Nazaire (MEET), Arcane 17, 1992.《鞋癖》

Bruits dans la montagne et autres nouvelles, trad. du chinois par Annie Curien, Paris, Gallimard, coll. « Du monde entier », 2000.《山上的声音及其他小说》

Hao Jingfang 郝景芳(1984-)

L'insondable profondeur de la solitude, nouvelles, trad. du chinois par Michel Vallet, Paris, Fleuve, coll. « Outre-fleuve », 2018.《孤独深处》

He Jiahong 何家弘(满族 1953-)

Le Mystérieux Tableau ancien, roman policier, trad. du chinois et annoté par Marie-Claude Cantournet-Jacquet et Xiaomin Giafferri-Huang, La Tour-d'Aigues, Éd. de l'Aube, coll. « Regards croisés-L'Aube noire », 2002.《神秘的古画》

Crime de sang, roman policier, trad. du chinois et annoté par Marie-Claude Cantournet-Jacquet et Xiaomin Giafferri-Huang, La Tour-d'Aigues, Éd. de l'Aube, coll. « Regards croisés-L'Aube noire », 2003.《血之罪》

L'Enigme de la pierre Oeil-de-Dragon, roman policier, trad. du chinois et annoté par Marie-Claude Cantournet-Jacquet et Xiaomin Giafferri-Huang, La Tour-d'Aigues, Éd. de l'Aube, coll. « Regards croisés-L'Aube noire », 2005.《龙眼石之谜：人生误区》

Crimes et délits à la Bourse de Pékin, roman policier, trad. du chinois par Marie-Claude Cantournet-Jacquet et Xiaomin Giafferri-Huang, La Tour-d'Aigues, Éd. de l'Aube, coll. « Regards croisés-L'Aube noir », 2006.《股市背后的罪恶》

Crime impuni aux monts Wuyi, roman policier, trad. du chinois et annoté par Marie-Claude Cantournet-Jacquet, La Tour-d'Aigues, Éd. de l'Aube, coll. « L'Aube noire », 2013.《无罪谋杀》

Hu Fang 胡昉(1970-)

Shopping utopia, court roman, trad. du chinois par Caroline Grillot, Paris, Bleu de Chine, coll. « Chine en poche », 2003.《购物乌托邦》

Huang Beijia 黄蓓佳(1955-)

L'Ecole des vers à soie, roman, trad. du chinois par Patricia Batto et Gao Tian Hua, Arles, Philippe Picquier, 2002.《我要做个好孩子》

Éphémère Beauté des cerisiers en fleurs, roman; suivi de *Ruelle de la pluie*, nouvelles, trad. du chinois par Philippe Denizet, Paris, You-Feng, 2005.《这一瞬间如此辉煌;雨巷》

Comment j'ai apprivoisé ma mère, roman, trad. du chinois par Li Hong et Gilles Moraton, Arles, Philippe Picquier, 2008.《亲亲我的妈妈》

Jia Pingwa 贾平凹(1952-)

Le Porteur de jeunes mariées, récits, trad. du chinois par Lü Hua, Gao Dekun et Zhang Zhengzhong, Paris, Stock, coll. « Nouveau Cabinet cosmopolite », 1995.《五魁》

La Capitale déchue, roman, trad. du chinois par Geneviève Imbot-Bichet, Paris, Stock, coll. « Nouveau Cabinet cosmopolite », 1997.《废都》

Le Village englouti, roman, trad. du chinois par Geneviève Imbot-Bichet, Paris, Stock, coll. « La Cosmopolite », 2000.《土门》

L'Art perdu des fours anciens, roman, trad. du chinois par Bernard Bourrit et Li Bourrit, Paris, Gallimard, coll. « Du monde entier », 2017.《古炉》

Portée-la-Lumière, roman, trad. du chinois par Geneviève Imbot-Bichet, Paris, Stock, coll. « La Cosmopolite », 2018.《带灯》

Jiang Rong 姜戎(1946-)

Le Totem du loup, roman, trad. du chinois par Yan Hansheng et Lisa Carducci, Paris, Bourrin, 2007.《狼图腾》

Jiang Yun 蒋韵(1954-)

Délit de fuite, nouvelles, trad. du chinois par Myriam Kryger, Paris, Mercure de France, coll. «Bibliothèque étrangère», 2001.《现场逃逸》

Jiang Zidan 蒋子丹(1954-)

La Main gauche, nouvelles, trad. du chinois par Françoise Naour, Paris, Bleu de Chine, 2001.《左手》

Pour qui s'élève la fumée des mûriers?, roman, trad. du chinois et annoté par Prune Cornet, Paris, Bleu de Chine, 2004.《桑烟为谁升起》

Jidi Majia 吉狄马加(彝族 1961-)

Temps, poèmes, trad. par Sandrine Alexandre, bilingue, Paris, You Feng, coll. «Poésie bilingue», 2007.《时间》

Au nom de la terre et de la vie, poèmes trad. de l'anglais par Françoise Roy, Montréal (Québec), Mémoire d'encrier, coll. «Chronique», 2015.《以土地和生命的名义》

Jiu Dan 九丹(1968-)

Filles-dragons, roman, trad. du chinois par André Lévy, Actes Sud (Arles) et Bleu de Chine (Paris), 2002.《乌鸦》

Laoniu 老牛(1966-)

Le Malaise, roman, trad. du chinois par Angel Pino et Isabelle Rabut, Paris, Bleu de Chine, 1998.《不舒服》

Pentium III, court roman, trad. du chinois par Véronique Chevaleyre et Geneviève Clastres, Paris, Bleu de Chine, coll. «Chine en poche», 2002.《奔腾三》

Li Di 李迪(1950-)

La Femme qui frappa à la porte à la tombée de la nuit, roman, trad. du chinois par Patricia Batto, Arles, Philippe Picquier, 1996.《傍晚敲门的女人》

Li Er 李洱(1966-)

Le jeu du plus fin, roman, trad. du chinois par Sylvie Gentil, Arles, Philippe Picquier, 2014.《花腔》

Li Jinxiang 李进祥(回族 1968-)

La Rivière des femmes, nouvelle, trad. du chinois et annotées par Françoise Naour, in Li Jinxiang et Shi Shuqing, *Le Chagrin des pauvres*, 2005, pp. 11-36.《女人的河》

Le Boucher, nouvelle, trad. du chinois par Françoise Naour, in Li Jinxiang et Shi Shuqing, *La Rivière des femmes* 2012, pp. 43-81.《屠户》

Les Grands Ablutions, nouvelle, trad. du chinois par Françoise Naour, in Li Jinxiang et Shi Shuqing, *La Rivière des femmes*, 2012, pp. 83-120.《换水》

Li Jingze 李敬泽(1964-)

Relations secrètes : réflexions insolites sur les relations entre la Chine et l'Occident au fil des siècles, trad. du chinois par Hervé Denès, en collaboration avec Li Ru, Arles, Philippe Picquier, 2017.《看来看去或秘密交流》

Li Juan 李娟(1979-)

Sous le ciel de l'Altaï, récits, trad. du chinois par Stéphane Lévêque, avec le concours d'Yvonne André, Arles, Philippe Picquier, 2017.《阿勒泰的角落》

Li Rui 李锐(1950-)

Arbre sans vent, roman, trad. par Annie Curien et Liu Hongyu, Arles, Philippe Picquier, 2000.《无风之树》

Li Xiao 李晓(1950-)

Shanghai Triad, roman, trad. du chinois par André Lévy, Paris, Flammarion, coll. « Lettres d'Extrême-Orient », 1995.《门规》

Liang Hong 梁鸿(1973-)

Si la Chine était un village, roman, trad. par Patricia Batto, Arles, Philippe Picquier, 2017.《中国在梁庄》

La sainte famille, roman, trad. par Aude Fluckiger et Giulia Brocco, Paris, Philadelphie, 2018.《神圣家族》

Lin Bai 林白(1958-)

La Chaise dans le corridor, nouvelles, trad. du chinois et annotées par Véronique Chevaleyre, Paris, Bleu de Chine, 2006.《回廊之椅》

Liu Cixin 刘慈欣(1963-)

Le problème à trois corps, roman, trad. du chinois par Gwennaël Gaffric, Arles, Actes Sud, coll. « Exofiction », 2016.《三体Ⅰ:时间移民》

La Forêt sombre, roman, trad. du chinois par Gwennaël Gaffric, Arles, Actes Sud, coll. « Exofiction », 2017.《三体Ⅱ:黑暗森林》

La mort immortelle, roman, trad. du chinois par Gwennaël Gaffric, Arles, Actes Sud, coll. « Babel », 2018.《三体Ⅲ:死神永生》

Liu Qingbang 刘庆邦(1951-)

Le Puits, roman, trad. du chinois par Marianne Lepolard, Paris, Bleu de Chine, 2003.《神木》

Cataclysme, nouvelles, trad. du chinois et annoté par Françoise Naour, Paris, Gallimard, coll. « Bleu de Chine », 2012.《灾变》

Liu Suola 刘索拉(1955-)

La Grande Île des tortues-cochons, roman, trad. du chinois par Sylvie Gentil, Paris, Seuil, 2006.《大继家的小故事》

Liu Xinwu 刘心武(1942-)

Le Talisman, roman, trad. du chinois par R. Y. L. Yo, bilingue, Paris, You-Feng, 2000.《如意》

L'Arbre et la forêt : destins croisés, témoignage, trad. du chinois et annoté par Roger Darrobers, Paris, Bleu de Chine, 2003.《树与林同在》

La Cendrillon du canal, roman, trad. du chinois et annoté par Roger Darrobers, Paris, Bleu de Chine, 2003.《护城河边的灰姑娘》

La Mort de Lao She, théâtre, trad. du chinois du chinois et annoté par Françoise Naour, Paris, Bleu de Chine, coll. « Chine en poche », 2004.《老舍之死》

Poisson à face humaine, nouvelle, trad. du chinois et annoté par Roger Darrobers, Paris, Bleu de Chine, coll. « Chine en poche », 2004.《人面鱼》

Poussière et Sueur, récit, trad. du chinois et annoté par Roger Darrobers, Paris, Bleu de Chine, 2004.《尘与汗》

La Démone bleue, roman, trad. du chinois et annoté par Roger Darrobers, Paris, Bleu de Chine, 2005.《蓝夜叉》

Dés de poulet façon mégère, roman, trad. du chinois et annoté par Marie Laureillard, Paris, Bleu de Chine, 2007.《泼妇鸡丁》

La Cendrillon du canal, suivi de ***Poisson à face humaine***, nouvelles, trad. du chinois par Roger Darrobers, Paris, Gallimard, coll. « Folio », 2012.《护城河边的灰姑娘；人面鱼》

Je suis né un 4 juin : mémoires littéraires, trad. du chinois, présenté et annoté par Roger Darrobers, Paris, Gallimard, coll. « Bleu de Chine », 2013.《生于六月四日：刘心武回忆录》

Liu Xinglong 刘醒龙（1956-）

La Déesse de la modernité, nouvelles, trad. du chinois par Françoise Naour, Paris, Bleu de Chine, 1999.《冒牌城市四题》

Du thé d'hiver pour Pékin, récit, trad. du chinois par Françoise Naour, Paris, Bleu de Chine, 2004.《挑担茶叶上北京》

La Guérite : la force des farces en terre chinoise, nouvelles, trad. du chinois et annoté par Françoise Naour, Paris, Bleu de Chine, coll. « Chine en poche », 2006.《冒牌城市四题》

Liu Zhenyun 刘震云（1958-）

Les Mandarins, roman, trad. du chinois par Sébastian Veg, Pais, Bleu de Chine, 2003.《官人》

Peaux d'ail et ***Plumes de poulet***, nouvelles, trad. du chinois par Sébastian Veg, Paris, Bleu de Chine, 2006.《单位；一地鸡毛》

Se souvenir de 1942, essai, trad. du chinois et annoté par Geneviève Imbot-Bichet, Paris, Gallimard, coll. « Bleu de Chine », 2013.《温故一九四二》

En un mot comme en mille, roman, trad. du chinois par Isabelle Bijon et Wang Jiann-Yuh, Paris, Gallimard, coll. « Bleu de Chine », 2013.《一句顶一万句》

Je ne suis pas une garce, roman, trad. du chinois et annoté par Brigitte Guilbaud, Paris, Gallimard, coll. « Bleu de Chine », 2015.《我不是潘金莲》

Le téléphone portable, roman, trad. du chinois par Hervé Denès, en collaboration avec Jia Chunjuan, Paris, Gallimard, coll. « Bleu de Chine », 2017.《手机》

Lu Wenfu 陆文夫（1928-2005）

Vie et passion d'un gastronome chinois, roman, trad. du chinois par Annie Curien et Feng Chen, préface de Françoise Sabban, Arles, Philippe Picquier, coll. « UNESCO d'oeuvres représentives. Série chinoise », 1988.《美食家》

Le Puits, récits, trad. du chinois par Annie Curien et Feng Chen, Arles, Philippe Picquier, 1991.《井》

Le Gourmet : vie et passion d'un gastronome chinois, roman, trad. du chinois par Annie Curien et Feng Chen, Paris, France Loisirs, 1996.《美食家》

Nid d'hommes, roman, trad. du chinois par Chantal Chen-Andro, Paris, Seuil, 2002.《人之窝》

Ma Desheng 马德升（1952-）

Vingt-quatre heures avant la rencontre avec le dieu de la mort, poème, trad. du chinois par Emmanuelle Péchenart, bilingue, Arles, Actes Sud, coll. « Lettres chinoises », 1992.《接受死神采访前的二十四小时》

Kiwi, dictionnaire aléatoire, Romainville, Léo Scheer, 2002.《猕猴桃》

Rêve blanc, Âmes noires, poèmes calligraphiés par l'auteur, trad. du chinois par Emmanuelle Péchenart, bilingue, La Tour-d'Aigues, Éd. de l'Aube, coll. « Regards croisés », 2003.《白梦黑魂》

Ma Jian 马建（1953-）

La Mendiante de Shigatze, récits, trad. du chinois par Isabelle Bijon, Arles, Actes Sud, coll. « Terres d'Aventure », 1988.《亮出你的舌苔或空空荡荡》

Chienne de vie!, récit, trad. du chinois par Isabelle Bijon, Arles, Actes Sud, coll. « Lettres chinoises », 1991.《你拉狗屎》

Chemins de poussière rouge, roman, trad. de l'anglais par Jean-Jacques Bretou, La Tour-d'Aigues, Éd. de l'Aube, coll. « Regards croisés », 2005.《红尘》

Nouilles chinoises, roman, trad de l'anglais par Constance de Saint-Mont, Paris, Flammarion, 2006.《拉面者》

Beijing Coma, roman, trad. de l'anglais par Constance de Saint-Mont, Paris, Flammarion, 2008.《北京植物人》

La Route sombre, roman, trad. du chinois par Pierre Ménard, Paris, Flammarion, 2014.《阴之道》

Mai Jia 麦家(1964-)

L'Enfer des codes, roman, trad. du chinois par Claude Payen, Paris, Robert Laffont, 2015.《解密》

Mangke 芒克(1950-)

Le Temps sans le temps, poèmes, trad. du chinois par Chantal Chen-Andro, bilingue, Paris, Caractères, coll. « Planètes », 2014.《没有时间的时间》

Meng Ming 孟明(1955-)

L'Année des fleurs de sophora, poèmes, trad. et préfacé par Emmanuelle Péchenart, bilingue, Le Chambon-sur-Lignon, Cheyne, coll. « D'une voix l'autre », 2011.《槐花之年》

Mian Mian 棉棉(1970-)

Les Bonbons chinois, roman, trad. du chinois par Sylvie Gentil, Paris, Éd. de l'Olivier, 2001.《糖》

Panda Sex, roman, trad. du chinois par Sylvie Gentil, La Laure, Au diable Vauvert, 2009.《熊猫》

Mu Qing 木青(1938-)

Le Marché des amours et des peines, roman, trad. du chinois par Rébecca Peyrelon, Paris, You-Feng, 2004.《五爱街》

Murong Xuecun 慕容雪村(1974-)

Oublier Chengdou, roman, trad. du chinois par Claude Payen, Paris, Éd. de l'Olivier, 2006.《成都,今夜请将我遗忘》

Danse dans la poussière rouge, roman, trad. du chinois par Claude Payen, Paris, Gallimard, coll. « Bleu de Chine », 2013.《原谅我红尘颠倒》

Il Manque un remède à la Chine, enquête, trad. du chinois par Hervé Denès avec le concours de Jia Chunjuan, Paris, Gallimard, coll. « Bleu de Chine », 2015.《中国少了一味药》

Ouyang Jianghe 欧阳江河(1956-)

Qui part qui reste, poèmes, trad. du chinois par Chantal Chen-Andro, bilingue, Paris, Caractères, coll. « Planètes », 2015.《谁去谁留》

Pema Tseden 万玛才旦(藏族 1969-)

Neige : nouvelles du Tibet, trad. du tibétain par Françoise Robin et du chinois par Brigitte Duzan, Arles, Philippe Picquier, 2013.《雪》

Peng Xuejun 彭学军(1963-)

La Porte basse, roman, trad. du chinois par Brigitte Guilbaud, Arles, Philippe Picquier, coll. « Picquier Jeunesse », 2013.《腰门》

Qiu Huadong 邱华栋(1969-)

Voyage au pays de l'oubli, court roman, trad. du chinois par Claire Yang, Paris, Bleu de Chine, coll. « Chine en poche », 2001.《遗忘者之路》

Reflets sur la rivière obscure, court roman, trad. du chinois par Claire Yang, Paris, Bleu de Chine, coll. « Chine en poche », 2002.《黑暗河流上的闪光》

Scintillement sur la main, court roman, trad. du chinois par Éric Jacquemin, Paris, Bleu de Chine, coll. « Chine en poche », 2004.《手上的星光》

Shen Fuyu 申赋渔(1970-)

Le Village en cendres, roman, trad. du chinois par Zheng Lunian, Deng Xinnan et Catherine Charmant, Paris, Albin Michel, 2018.《匠人》

Shen Shixi 沈石溪(1952-)

Le Rêve d'Alpha, roman, trad. du chinois par Mathilde Colo-Wu, Vitry-sur-Seine et Paris, éditions Horizon oriental et Cèdre Lune, 2013.《狼王梦》

Sheng Keyi 盛可以(1973-)

Un Paradis, roman, trad. du chinois par Brigitte Duzan, assistée de Zhang Xiaoqiu, Arles, Philippe Picquier, 2018.《福地》

Shi Shuqing 石舒清(回族 1963-)

Les Cinq yuans, nouvelle, trad. du chinois et annoté par Françoise Naour, in Li Jinxiang, Shi Shuqing, ***Le Chagrin des pauvres***, Paris, Bleu de Chine, 2006, pp. 57-87.《红花绿叶》

Le Couteau dans l'eau pure, nouvelles hui, trad. du chinois, présentées et annotées par Françoise, in Li Jinxiang, Shi Shuqing, ***Le Chagrin des pauvres***, Paris, Bleu de Chine, 2006, pp. 155-176.《清水里的刀子》

Le Verger, nouvelle, trad. du chinois, présentées et annotées par Françoise, in Li Jinxiang, Shi Shuqing, ***La Rivière des femmes***, Paris, Bleu de Chine, 2012, pp. 177-201.《果园》

Shi Tiesheng 史铁生(1951-2010)

Fatalité, nouvelles, trad. du chinois par Anne Curien, Paris, Gallimard, coll. « Du monde entier », 2004.《宿命》

Shi Zhecun 施蛰存(1905-2003)

Le Goût de la pluie, nouvelles et prose de circonstance, trad. du chinois et annoté par Marie Laureillard et Gilles Cabrero, Paris, Gallimard, coll. « Bleu de Chine », 2011.《雨的滋味》

Shu Cai 树才(1965-)

Le ciel se penche sur nous, poésie, avant-propos de Yvon Le Men, Genouilleux, la Passe du vent, 2018.《树才诗选》

Shu Ting 舒婷(1952-)

Poèmes, trad. par Annie Curien et Isabelle Bijon, Montereau, Les Cahiers du confluent (Collection chinoise), 1986.《舒婷诗选》

Song Lin 宋琳(1959-)

Fragments et chants d'adieu, poèmes, trad. du chinois par Chantal Chen-Andro, bilingue, Saint-Nazaire, MEET, coll. « Les bilingues », 2006. 《断片与骊歌》

Murailles et Couchants, poèmes, trad. du chinois par Chantal Chen-

Andro, bilingue, Paris, Caractères, coll. « Planètes », 2007.《城墙与落日》

Su Lei 苏雷

La Semeuse de feu ou la Fille d'automne sème le feu, théâtre, trad. du chinois par Li Zhihua et Jacqueline Alézaïs, Paris, You-Feng, 1994.《火神与秋女》

Su Tong 苏童(1963-)

Epouses et concubines, roman, trad. du chinois par Annie Au Yeung et Françoise Lemoine, Paris, Flammarion, coll. « Lettres d'Extrême-Orient », 1992.《妻妾成群》

Visages fardés, suivi de ***La Vie des femmes***, récits, trad. du chinois par Denis Bénéjam, préface de Marie Claire Huot, Arles, Philippe Picquier, 1995.《红粉;妇女生活》

La Maison des pavots, roman, trad. et préface par Pierre Brière, bilingue, Paris, You-Feng, 1996.《罂粟之家》

Riz, roman, trad. du chinois par Noël Dutrait, avec la collaboration de Liliane Dutrait, Paris, Flammarion, coll. « Lettres d'Extrême-Orient », 1998.《米》

Fantômes de papier, nouvelles, trad. par Agnès Auger, Paris, Desclée de Brouwer, 1999.《纸上的美女》

Je suis l'Empereur de Chine, roman, trad. du chinois par Claude Payen, Arles, Philippe Picquier, 2005.《我的帝王生涯》

Le Mythe de Meng, roman, trad. du chinois par Marie Laureillard, Paris, Flammarion, 2009.《碧奴》

A bicyclette, sanwen, trad. du chinois par Anne-Laure Fournier, Arles, Philippe Picquier, coll. « Ecrits sur la paume de la main », 2011.《自行车之歌》

La Berge, roman, trad. du chinois par François Sastourné, Paris, Gallimard, coll. « Bleu de Chine », 2011.《河岸》

Le Dit du Loriot, roman, trad. du chinois par François Sastourné, Paris, Seuil, 2016.《黄雀记》

Sun Ganlu 孙甘露(1959-)

Respirer, roman, trad. du chinois par Nadine Perront, préface de Marie Claire Huot, Arles, Philippe Picquier, 1997.《呼吸》

Tian Yuan 田原(1985-)

La Forêt zèbre, roman, trad. du chinois par Sylvie Gentil, Paris, Éd. de l'Olivier, 2002.《斑马森林》

Tie Ning 铁凝(1957-)

La Douzième Nuit, nouvelles, trad. du chinois et annotées par Prune Cornet et Liu Yan, Paris, Bleu de Chine, 2004.《第十二夜》

Fleurs de coton, roman, trad. du chinois par Véronique Chevaleyre, Paris, Bleu de Chine, 2005.《棉花垛》

Wang Anyi 王安忆(1954-)

Les Lumières de Hong Kong, roman, trad. par Denis Bénéjam, Arles, Philippe Picquier, 2001.《香港的情与爱》

Amère Jeunesse, récit, trad. par Eric Jacquemin, Paris, Bleu de Chine, coll. « Chine en poche », 2004.《忧伤的年代》

Le Chant des regrets éternels, roman, trad. du chinois par Yvonne André et Stéphane lévêque, Arles, Philippe Picquier, 2006.《长恨歌》

Amour dans une petite ville, roman, trad. du chinois par Yvonne André, Arles, Philippe Picquier, 2007.《小城之恋》

Amour sur une colline dénudée, roman, trad. du chinois par Stéphane lévêque, Arles, Philippe Picquier, 2008.《荒山之恋》

Amour dans une vallée enchantée, roman, trad. du chinois par Yvonne André, Arles, Philippe Picquier, 2008.《锦绣谷之恋》

A la recherche de Shanghai, sanwen, trad. du chinois par Yvonne André, Arles, Philippe Picquier, coll. « Ecrits dans la paume de la main », 2011.《寻找上海》

Le Plus Clair de la lune, roman, trad. du chinois par Yvonne André, Arles, Philippe Picquier, 2013.《月色撩人》

La Coquette de Shanghai, roman, trad. par Brigitte Guilbaud, Arles, Philippe Picquier, 2017.《桃之夭夭》

Wang Chao 王超 (1939-)

L'Orphelin d'Anyang, court roman, trad. du chinois par Cécile Delattre, Paris, Bleu de Chine, coll. « Chine en poche », 2002.《安阳婴儿》

Tibet sans retour, court roman, trad. du chinois et annoté par Françoise Naour, Paris, Bleu de Chine, coll. « Chine en poche », 2002.《去了西藏》

Homme du Sud, femme du Nord, petit roman, trad. du chinois par Françoise Naour, Lille, Page à page, coll. « Lille 2004 migrations », 2004.《南方》

Au paradis, l'amour, récit, trad. du chinois par Cécile Delattre, avec la collaboration de Jean-Marie Casanova, Paris, Bleu de Chine, coll. « Chine en poche », 2004.《天堂有爱》

Wang Gang 王刚 (1960-)

English, roman, trad. du chinois par Emmanuelle Péchenart et Pascale Wei-Guinot, Arles, Philippe Picquier, 2008.《英格力士》

Wang Meng 王蒙(1934-)

Le Salut bolchevique, roman, trad. du chinois par Chantal Chen-Andro, préface d'Alain Roux, Paris, Messidor, coll. « Roman », 1989.《布礼》

Contes et Libelles, textes choisis, présentés et trad. du chinois par Françoise Naour, Paris, Bleu de Chine, 1994.《王蒙选集》

Contes de l'Ouest lointain, nouvelles, trad. du chinois, présentés et annotés par Françoise Naour, Paris, Bleu de Chine, 2002.《遥远的西部短篇小说集》

Des yeux gris clair, court roman, trad. du chinois par Françoise Naour, Paris, Bleu de Chine, coll. « Chine en poche », 2002.《淡灰色的眼珠》

Les Sourires du sage, brèves d'écritoire, trad. par Françoise Naour, Paris, Bleu de Chine, 2003.《笑而不答》

Celle qui dansait, nouvelles, trad. et annotées par Françoise Naour, Paris, Bleu de Chine, 2004.《跳舞的女人》

Wang Shuo 王朔(1958-)

Feu et Glace, roman, trad. du chinois par Patricia Batto, Arles, Philippe Picquier, 1992.《一半是火焰,一半是海水》

Je suis ton papa, roman, trad. du chinois par Angélique Lévi et Wong Li-Yine, Paris, Flammarion, coll. « Lettres d'Extrême-Orient », 1997.《我是你爸爸》

Vous êtes formidable !, roman, trad. du chinois et préface par Maité Aragonés Lumeras, Lausanne, Paris, L'Age d'homme, coll. « Vent d'Est, Vent d'Ouest », 1999.《你不是一个俗人》

Wang Xiaobo 王小波(1952-1997)

L'Age d'or, roman, trad. du chinois par Jacques Seurre, préface de Michel Bonnin, Versailles, Éd. du Sorgho, 2001.《黄金时代》

La Majorité silencieuse et autres essais, trad. du chinois par Luc Thominette et Bai Yunfei, préface de Li Yinhe, Paris, You-Feng, 2013.《王小波杂文选》

Le Monde futur, roman, trad. du chinois par Mei Mercier, Arles, Actes Sud, coll. « Lettres chinoises », 2013.《未来世界》

Wang Yin 王寅（1962-）

Ville de silence, photographies et poèmes, trad. du chinois par Chantal Chen-Andro, bilingue, Paris, Caractères, coll. « Idées et formes d'art », 2014.《无声的城市》

Un mot de trop est menace, poèmes, trad. du chinois par Chantal Chen-Andro, bilingue, Paris, Caractères, coll. « Planètes », 2015.《说多了就是威胁》

Parce que, poèmes, trad. du chinois par Chantal Chen-Andro, bilingue, Saint-Nazaire, MEET, coll. « Les bilingues », 2016.《因为》

Wang Zengqi 汪曾祺（1920-1997）

Les Trois Amis de l'hiver, récits, trad. du chinois par Annie Curien, Arles, Philippe Picquier, 1989.《岁寒三友》

Weihui 卫慧（1973-）

Shanghai Baby, roman, trad. du chinois par Cora Whist, Arles, Philippe Picquier, 2001.《上海宝贝》

Xi Yang 西飏（1965-）

La Rêveuse et la Dragueuse, court roman, trad. du chinois par Françoise Naour, Paris, Bleu de Chine, coll. « Chine en poche », 2002.《青衣花旦》

La Shampouineuse, court roman, trad. du chinois par Caroline Grillot,

Paris, Bleu de Chine, coll. « Chine en poche », 2003.《窗前明月光》

Le Poisson-globe, roman, trad. du chinois et annoté par Françoise Naour, Paris, Bleu de Chine, 2004.《河豚》

Xu Xing 徐星（1956-）

Le Crabe à lunettes, nouvelles, trad. du chinois par Sylvie Gentil, Paris, Julliard, coll. « L'Atelier », 1992.《无主题变奏曲》

Et tout ce qui reste est pour toi, roman, trad. du chinois par Sylvie Gentil, Paris, Éd. de l'Olivier, 2003.《剩下的都属于你》

Xu Zechen 徐则臣（1978-）

Pékin pirate, nouvelle, trad. du chinois par Hélène Arthus, Paris, Éditions Philippe Rey, 2016.《跑步穿过中关村》

Le Faussaire, suivi de *La muette*, nouvelles, trad. du chinois par Hervé Denès, avec la collaboration de Jia Chunjuan, Paris, Éditions Philippe Rey, 2017.《啊，北京；西夏》

La Grande harmonie, roman, trad. du chinois par Hervé Denès, avec la collaboration de Jia Chunjuan, Paris, Éditions Philippe Rey, 2018.《耶路撒冷》

Yan Lianke 阎连科（1958-）

Servir le peuple, roman, trad. du chinois du chinoisdu chinois par Claude Payen, Arles, Philippe Picquier, 2006.《为人民服务》

Le Rêve du village des Ding, roman, trad. du chinois par Claude Payen, Arles, Philippe Picquier, 2007.《丁庄梦》

Bons Baisers de Lénine, roman, trad. du chinois par Sylvie Gentil, Arles, Philippe Picquier, 2009.《受活》

Les Jours, les Mois, les Années, roman, trad. du chinois par Brigitte Guilbaud, Arles, Philippe Picquier, 2009.《年月日》

Songeant à mon père, roman, trad. du chinois par Brigitte Guilbaud, Arles, Philippe Picquier, 2010.《我与父辈》

Les Quatre Livres, roman, trad. du chinois par Sylvie Gentil, Arles, Philippe Picquier, 2012.《四书》

La Fuite du temps, roman, trad. du chinois par Brigitte Guilbaud, Arles, Philippe Picquier, 2014.《日光流年》

Les Chroniques des Zhalie, roman, trad. du chinois par Sylvie Gentil, Arles, Philippe Picquier, 2015.《炸裂志》

A la découverte du roman, essai, trad. du chinois par Sylvie Gentil, Arles, Philippe Picquier, 2017.《发现小说》

Un chant céleste, roman, trad. du chinois par Sylvie Gentil, Arles, Philippe Picquier, 2017.《耙耧天歌》

Yang Lian 杨炼(1955-)

La Maison sur l'estuaire, poèmes, trad. du chinois par Chantal Chen-Andro, bilingue, Saint-Nazaire, MEET, 2001.《河口上的房间》

Masques et Crocodiles, poèmes, trad. du chinois par Chantal Chen-Andro, Fontaine-lès-Dijon, Éd. Virgile, coll. « Collection Ulysse fin de siècle », 2002.《面具与鳄鱼》

Là où s'arrête la mer, poèmes, trad. du chinois par Chantal Chen-Andro, Paris, Caractères, coll. « Planètes », 2004.《大海停止之处》

Notes manuscrites d'un diable heureux, poèmes, trad. du chinois par Chantal Chen-Andro, Paris, Caractères, coll. « Planètes », 2010.《幸福鬼魂手记》

Yang Zhengguang 杨争光(1957-)

Mon cher ennemi, roman, trad. du chinois et annoté par Raymond Rocher et Chen Xiangrong, Paris, Bleu de Chine, 2007.《老旦是一棵树》

Ye Mang 野莽(1953-)

La Fille de l'ascenseur, nouvelles, trad. du chinois par Lü Hua, avec la collaboration de Jacqueline Guyvallet, Paris, Bleu de Chine, 2000.《开电梯的女人》

Intelligence, roman, trad. du chinois par Lü Hua, Paris, Bleu de Chine, 2003.《打你五十大板》

Les Secrets d'un petit monde, court roman, trad. du chinois par Lü Hua, Paris, Bleu de Chine, coll. « Chine en poche », 2004.《玩阿基米德飞盘的王永乐师傅》

Ye Zhaoyan 叶兆言(1957-)

La Jeune Maîtresse, roman, trad. du chinois par Nadine Perront, préface de Marie Claire Huot, Arles, Philippe Picquier, 1996.《花影》

La Serre sans verre, roman, trad. du chinois par Wang Jiann-Yuh, Paris, Bleu de Chine, 2006.《没有玻璃的花房》

Nankin 1937, une histoire d'amour, roman, trad. du chinois par Nathalie Louisgrand-Thomas, Paris, Seuil, 2008.《一九三七年的爱情》

Yin Lichuan 尹丽川(1973-)

Comment m'est venue ma philosophie de la vie, nouvelles, trad. du chinois par Hélène Oskanian, Arles, Philippe Picquier, 2006.《是谁教给我生活的道理》

Yu Hua 余华(1960-)

Un monde évanoui, précédé de *Erreur au bord de l'eau*, récits, trad. du chinois par Nadine Perront, avant-propos de Marie Claire Huot, Arles, Philippe Picquier, 1994.《河边的错误;世事如烟》

Vivre !, roman, trad. du chinois par Yang Ping, Paris, Librairie générale française, coll. « Le Livre de poche », 1994.《活着》

Le Vendeur de sang, roman, trad. du chinois par Nadine Perront, Arles, Actes Sud, coll. « Lettres chinoises », 1997.《许三观卖血记》

Un amour classique, petits romans, trad. du chinois par Jacqueline Guyvallet, Arles, Actes Sud, coll. « Lettres chinoises », 2000.《古典爱情》

Cris dans la bruine, roman, trad. du chinois par Jacqueline Guyvallet, Arles, Actes Sud, coll. « Lettres chinoises », 2003.《在细雨中呼喊》

1986, court roman, trad. du chinois par Jacqueline Guivallet, Arles, Actes Sud, coll. « Lettres chinoises », 2006.《一九八六年》

Brothers, roman, trad. du chinois par Angel Pino et Isabelle Rabut, Arles, Actes Sud, coll. « Lettres chinoises », 2008.《兄弟》

Vivre !, roman, trad. par Yang Ping, Arles et Montréal, Actes Sud et Leméac, coll. « Babel », 2008.《活着》

Sur la route à dix-huit ans et autres nouvelles, nouvelles, trad. du chinois par Isabelle Rabut et Angel Pino, Arles, Actes Sud, coll. « Lettres chinoises », 2009.《十八岁出门远行》

La Chine en dix mots, essai, trad. du chinois par Angel Pino et Isabelle Rabut, Arles, Actes Sud, coll. « Lettres chinoises », 2010.《十个词汇里的中国》

Le Septième jour, roman, trad. du chinois par Angel Pino et Isabelle Rabut, Arles, Actes Sud, coll. « Lettres chinoises », 2014.《第七天》

Mort d'un propriétaire foncier, et autres courts romans, trad. du chinois par Angel Pino et Isabelle Rabut, Arles, Actes Sud, 2018.《一个地主之死及其他短篇小说》

Yu Jian 于坚(1954-)

Dossier 0, poème, trad. du chinois par Li Jinjia et Sébastian Veg, Paris, Bleu de Chine, 2005.《零档案》

Un vol, Poème en prose, traduit du chinois, présenté et annoté par Li Jinjia et Sébastian Veg, Paris, Gallimard, coll. « Bleu de Chine », 2010.《飞行》

Rose évoquée, poèmes, trad. du chinois par Chantal Chen-Andro, bilingue, Paris, Caractères, coll. « Planètes », 2014.《被暗示的玫瑰》

Petit bourg, trad. du chinois par Fu Jie avec Claude Mouchard, postface de Claude Mouchard, Estelle Servier Crouzat, Montélimar, coll. « Voix d'encre », 2015.《小镇》

Yu Luojin 遇罗锦(1946-)

Le Nouveau Conte d'hiver, roman, traduction et introduction de Huang San et Miguel Mandarès, Paris, Christian Bourgois, 1982.《一个冬天的童话》

Conte de printemps, roman, traduction, préface et postface de Huang San et Miguel Mandarès, Paris, Christian Bourgois, 1984.《一个春天的童话》

Zhai Yongming 翟永明(1955-)

La Conscience de la nuit, poèmes, trad. du chinois par Xu Shan, Rong Xiufang, Jacques Charcosset, bilingue, La Rochelle, Rumeur des Âges, 2004.《黑夜的意识》

Euphémisme, poèmes, trad. du chinois par Chantal Chen-Andro, bilingue, Paris, Caractères, coll. « Planètes », 2014.《最委婉的词》

Eileen Chang 张爱玲(1920-1995)

La Cangue d'or, roman, trad. du chinois par Emmanuelle Péchenart, Paris, Bleu de Chine, 1999.《金锁记》

Rose rouge et rose blanche, roman, trad. du chinois par Emmanuelle Péchenart, Paris, Bleu de Chine, 2001.《红玫瑰与白玫瑰》

Un amour dévastateur, roman, trad. du chinois par Emmanuelle Péchenart, La Tour-d'Aigues, Éd. de l'Aube, coll. « Regards croisés »,

2005.《倾城之恋》

Lust, Caution (*amour, luxure, trahison*), nouvelles, trad. du chinois par Emmanuelle Péchenart, Paris, Robert Laffont, 2008.《色戒》

Love in a fallen city, roman, trad. du chinois par Emmanuelle Péchenart, Paris, Zulma, 2014.《倾城之恋》

Deux Brûle-parfums, roman, trad. du chinois par Emmanuelle Péchanart, Paris, Zulma, 2015.《沉香屑》

Zhang Chengzhi 张承志(回族 1948-)

Fleurs-Entrelacs, suivi de ***Mon beau cheval noir***, nouvelles, trad. du chinois par Dong Qiang, Paris, Bleu de Chine, 1995.《错开的花;黑骏马》

Mon beau cheval noir, nouvelle, trad. du chinois par Dong Qiang, Arles, Philippe Picquier, coll. « Picquier poche », 1999.《黑骏马》

Zhang Jie 张洁(1937-)

Ailes de plomb, roman, trad. de l'allemand, version française établie avec la collab. de Constantin Rissov, Paris, Maren Sell, 1986.《沉重的翅膀》

Galère, roman, trad. du chinois par Michel Cartier et Zhitang Drocourt, Paris, Maren Sell, coll. « Roman de l'étranger », 1989.《方舟》

Zhang Kangkang 张抗抗(1950-)

Le Vieux Château et le pavot rouge, sanwen, trad. du chinois par Ding Buzhou; adaptation de Marie-Claude Gelbon. Villeneuve-sur-Lot, Association des amis de la Bibliothèque centrale de prêt de Lot-et-Garonne, 1991.《古老城堡与红罂粟》

L'Impitoyable, suivi de ***Tempêtes de sable***, nouvelles, textes choisis, annotés et trad. du chinois par Françoise Naour, préface de Michel Bonnin, Paris, Bleu de Chine, 1997.《残忍;沙暴》

Zhang Wei 张炜(1956-)

Partance, récits d'ailleurs..., nouvelles, trad. par Chantal Chen-Andro, Paris, Bleu de Chine, 2000.《张炜短篇小说集》

Les demeures de l'enfance, sanwen, trad. du chinois par Chantal Chen-Andro, in Zhang Wei et Véronique Meunier, *L'Enfance*, Paris, Desclée de Brouwer et Presses artistiques et littéraires de Shanghai, coll. « Proches lointains », 2012, pp. 11-90.《童年》

Le Vieux Bateau, roman, trad. du chinois par Annie Bergeret Curien et Xu Shuang, Paris, Seuil, 2014.《古船》

Zhang Xianliang 张贤亮(1936-2014)

Mimosa, court roman, trad. par Pan Ailian, Lausanne, Pierre-Marcel Favre, 1987.《绿化树》

La Moitié de l'homme, c'est la femme, roman, trad. par Yang Yuanliang, avec la collaboration de Michelle Loi, Paris, Belfond, coll. « Voix chinoises », 1987.《男人的一半是女人》

La Mort est une habitude, roman, trad. du chinois par An Mingshan et Michelle Loi, Paris, Belfond, 1994.《习惯死亡》

Zhang Xinxin 张辛欣(1953-)

Sur la même ligne d'horizon, roman, trad. du chinois par Emmanuelle Péchenart en collaboration avec Henry Houssay, Arles, Actes Sud, coll. « Lettres chinoises », 1986.《在同一地平线上》

Une folie d'orchidées, roman, trad. du chinois par Cheng Yingxiang, Arles, Actes Sud, coll. « Lettres chinoises », 1988.《疯狂的君子兰》

Le Courrier des bandits, roman, trad. du chinois par Emmanuelle Péchenart et Robin Setton, Arles, Actes Sud, coll. « Lettres chinoises », 1989.《封片连》

Au long du Grand Canal, récit, trad. du chinois par Anna Grondona, Arles, Actes Sud, coll. « Terres d'aventure », 1992.《在路上》

L'Homme de Pékin (en collaboration avec Sang Ye), trad. du chinois sous la direction de Bernadette Rouis et Emmanuelle Péchenart, Arles, Actes Sud, coll. « Lettres chinoises », 1992.《北京人：一百个普通中国人的自述》

Le Partage des rôles, roman, trad. du chinois par Emmanuelle Péchenart, Arles, Actes Sud, coll. « Lettres chinoises », 1994.《这次你演哪一半》

Zhang Yu 张宇 (1952-)

Ripoux à Zhengzhou, roman policier, trad. du chinois par Claude Payen, Arles, Philippe Picquier, 2002.《软弱》

Zhang Zao 张枣 (1962-2010)

L'Oeil de nuit, poèmes, trad. du chinois par Chantal Chen-Andro, bilingue, Paris, Caractères, 2016.《夜的眼睛》

Zhao Lihong 赵丽宏 (1952-)

Douleurs, poèmes, trad. du chinois par Fanny Fontaine et Zhang Ruling, Paris, L'Harmattan, 2018.《疼痛》

Zheng Yi 郑义 (1947-)

Stèles rouges : du totalitarisme au cannibalisme, trad. du chinois par Françoise Lemoine et Annie Au Yeung ; corrgé et réécrit par M. Delille ; préface de François-Yves Damon, Paris, Bleu de Chine, 1999.《红色纪念碑：吃人的极权主义》

Prière pour une âme égarée, récit, trad. du chinois et annoté par Bernard Bourrit et Zhang Li, Paris, Bleu de Chine, 2007.《招魂》

Zhou Daxin 周大新(1952-)

Les Marches du mandarinat, roman, trad. du chinois par Geneviève Imbot—Bichet, en collaboration avec Lü Hua, Paris, Stock, coll. « Nouveau Cabinet cosmopolite », 1998.《向上台阶》

Zhou Meisen 周梅森(1956-)

Made in China, roman, trad. du chinois et annoté par Mathilde Mathe, Paris, Gallimard, coll. « Bleu de Chine », 2016.《中国制造》

Zhou Yunpeng 周云鹏(1970-)

Vagabond de nuit, poèmes, trad. par Brigitte Guilbaud, Arles, Philippe Picquier, 2015.《夜游人:自选集》

Zhu Wen 朱文(1967-)

I love dollars et autres nouvelles de la Chine profonde, nowelles, trad. par Catherine Charmant, postface de Julia Lovell, Paris, Albin Michel, 2010.《我爱美元及其他小说》

Zhu Wenying 朱文颖(1971-)

L'Incontournable Histoire, récit, trad. du chinois par Caroline Grillot, Paris, Bleu de Chine, coll. « Chine en poche », 2004.《无可替代的故事》

Zhu Zhu 朱朱(1969-)

Fumée bleue, poèmes, trad. du chinois par Chantal Chen-Andro, La Rochelle, Rumeur des Âges, 2004.《青烟》

Zhu Ziqing 朱自清(1898-1948)

Traces, textes choisis, trad. du chinois et présentés par Lise Schmitt, Paris, Bleu de Chine, 1998.《踪迹》

Poètes chinois d'écoles françaises : Dai Wangshu, Li Jinfa, Wang Duqing, Mu Mutian, Ai Qing, Luo Dagang ; textes réunis, traduits et présentés par Michelle Loi, Paris, Librairie d'Amérique et d'Orient, 1980.《法国派的中国诗人:戴望舒、李金发、王独清、穆木天、艾青、罗大冈》

Le Retour du père et autres récits, trad. du chinois par Hervé Denès, avec la collaboration de Huang San, Paris, Belfond, 1981.《父亲的归来及其他短篇小说集》

La Face cachée de la Chine, trois nouvelles traduites par Jean-Philippe Béja et Wojtek Zafanolli (éd.), Paris, Pierre-Emile, 1981.《蒙面中国》

La Chine des femmes, nouvelles, trad. du chinois par Li Meiying, Liu Fang, Liu Hanyu et Wu Ming, avant-propos de Suzanne Bernard, Paris, Mercure de France, 1983.《中国妇女》

Chine : une nouvelle littérature, Europe (Paris), n° 672, avril 1985.《中国:一种新文学》

Ici la vie respire aussi et autres textes de littérature de reportage (1926-1982), textes trad. du chinois et présenté par Noël Dutrait, Aix-en-Provence, Alinéa, 1986.《这里,生命也在呼吸:中国现代报告文学选(1926-1982)》

Treize récits chinois*: *1918-1949 , trad. du chinois par Martine Vallette-Hémery, Arles, Philippe Picquier, 1987; Picquier poche, 2000.《1918-1949年十三部中国小说集》

***La Remontée vers le jour*, *nouvelles de Chine*（*1978-1988*）**, préface de Claude Roy, trad. par Baiyun, Jean-Philippe Béja, Isabelle Bijon, Rosalie Casella, Chantal Chen-Andro, Cheng Yingxiang, Annie Curien, Jacques Dars, Noël Dutrait, Gao Changhui, Constance-Hélène Halfon, Michelle Loi, Alain Peyraube, Paul Poncet, Danièle Turc-Crisa, Wu Yen et Yam Cheng, Aix-en-Provence, Alinéa, 1988.《重见天日：1978-1988年中国短篇小说集》

Quatre poètes chinois*: *Beidao*, *Gu Cheng*, *Mangke*, *Yang Lian, trad. du chinois par Chantal Chen-Andro et Annie Curien, avec la collaboration de François Dominique et Jean-Michel Rabaté, préface de Chantal Chen-Andro, bilingue, Plombières-les-Dijon, Cahier Ulysse, fin de siècle, 1991.《四位中国诗人选：北岛、顾城、芒克、杨炼》

Un soir d'été à Wuhan*, *et autres nouvelles chinoises, trad. par Muriel Guilmot et Pascale Van Balberghe, Bruxelles, Labor, coll. « Périples », 1994.《武汉的夏夜及其他短篇小说选》

Anthologie de nouvelles chinoises contemporaines, sélection des oeuvres et introduction par Annie Curien, trad. par Isabelle Bijon, Chantal Chen-Andro, Annie Curien, Isabelle Rabut, Bernadette Rouis, Catherine Vignal, Paris, Gallimard, coll. « Du monde entier », 1994.《中国当代小说集》

Nous sommes nées femmes*：*anthologie de romancières chinoises actuelles，nouvelles，trad. du chinois par Jacqueline Desperrois，Qian Linsen，Zhang Shangci et Li Lin，avec la contribution de Michelle Loi，avant-propos de Michelle Loi，Paris，Indigo，coll. « Prémices »，1994.《天生是个女人：中国女作家短篇小说选》

Shanghai 1920-1940，douze récits choisis et présentés par Emmanuelle Péchenart，trad. du chinois par Emmanuelle Péchenart，Victoire Surio et Anne Wu，dessins de Françoise Ged，Paris，Bleu de Chine，1995.《上海1920-1940：十二部小说集》

Lettres en Chine*：*rencontre entre romanciers chinois et français，recueil coordonné par Annie Curien，trad. du chinois par Chantal Chen-Andro，Annie Curien，Sylvie Gentil，Shi Kangqiang et Jean-Claude Thivolle，Paris，Bleu de Chine，1996.《中国文学：中法小说家面对面》

Le Fox-trot de Shanghai et autres nouvelles chinoises，textes réunis，présentés et traduits par Isabelle Rabut et Angel Pino，Paris，Albin Michel，coll. « Les grandes traductions »，1996.《上海的狐步舞及其他中国小说集》

Douze poètes chinois d'aujourd'hui，Action Poétique；148-149，n° 10，1997，pp. 41-77.《十二位中国当代诗人》

Poètes chinois d'aujourd'hui，poèmes trad. du chinois et présentés par Isild Darras，préface de Catherine Vignal，Paris，Paris，L'Harmattan，coll. « Poètes des cinq continents »，2003.《当代中国诗人》

Shanghai, fantômes sans concession, nouvelles, trad. du chinois par Yvonne André, Gilles Cabrero, Elsa Chalaux et Marie Laureillard, sous la direction de Chen Feng, Paris, Autrement, coll. « Littérature/Romans d'une ville », 2004.《上海女作家作品选》

Le Ciel en fuite : anthologie de la nouvelle poésie chinoise, établie et trad. par Martine Vallette-Hémery et Chantal Chen-Andro, avec la participation pour la traduction de Isabelle Bijon, Hean-Rémy Bure, Annie Curien, Jie Formoso, Romain Graziani, James Hendger, Gregory B. Lee, Camille Loivier, Sandrine Marchand et Hsiung Pingming, Belval, Circé, 2004.《天空飞逝——中国新诗选》

Amour virtuel et poil de cochon : cinq nouvelles de la Chine d'aujourd'hui, trad. par Henri Gaubier, Paris, Éd. des Riaux, coll. « Reflets de Chine », 2006.《网恋和猪毛:中国当代短篇小说集》

Le Vendeur de nids d'hirondelles : anthologie de nouvelles chinoises contemporaines choisies, traduites du chinois et éditées par Françoise Naour, Paris, Bleu de Chine, 2007.《卖燕窝的人:中国当代小说集》

Shanghai : histoire, promenade, anthologie & dictionnaire, divers traducteurs, sous la direction de Nicolas Idier, Paris, Robert Laffont, coll. « Bouquins », 2010.《上海:历史、散步、合集 & 词典》

Les Rubans du cerf-volant, anthologie, présenté par Geneviève Imbot-Bichet, préface de Yinde Zhang, Paris, Gallimard, coll. « Bleu de Chine », 2014.《风筝飘带》

Tranchant de lune, et autres nouvelles contemporaines de Chine, Malakoff, Hachette livre, coll. « Ming books », 2015.《月光斩及其他中国当代短篇小说选》

"Jin tian": 10 poètes chinois aujourd'hui, collection en français sous la direction de Jin Siyan et Chantal Chen-Andro, Paris, Caractères, coll. « Planètes », 2016.《今天：当代中国十位诗人》

Anthologie de la poésie chinoise: modernité, 1917-1939 & 1987-2014, trad. par Shanshan Sun, Anne-Marie Jeanjean, bilingue, Paris, L'Harmattan, coll. « Levée d'ancre », 2018.《中国诗歌选集：现代性，1917-1939 & 1987-2014》

后　记

本书的构思源自我的硕士学位论文《莫言作品在法国的译介与接受》。由于自感学术能力有限，这个计划一度搁浅。

2017年，我有幸得到国家留学基金委的资助，到法国里昂第三大学文学院的"边界"实验室做访问学者。我便利用这一宝贵机会搜集有关莫言作品的法译本资料，完成那个一直存在脑海的计划。里昂作为法国第三大城市，拥有丰富的图书资源，市立图书馆就有16个分馆，分散在市里的各个区里，并且里昂三大的图书管里资料也是极为丰富。此外通过网络或学生在法国国家图书馆以及其他城市的大学图书馆也搜集到不少珍贵资料，这才促成该书的完成。

本书从构思到完成跨越了十年的时间，期间离不开领导、师长、和亲友们的鼓励与支持。山东大学外国语学院对本书进行出版资助，学院领导对年轻教师学术上的扶持和帮助，更加坚定了我完成本书的信心。我的学生们也为此书做了不少工作，在此一并感谢。最后，我要感谢家人一直以来的鼓励，才让我有潜心治学的勇气和空间。

本书在写作过程中，吸收和引用了前人、同行的相关研究成果，参考了大量相关研究著作，特向有关作者表达谢意。由于作者学识水平有限，故疏漏、谬误一定不少，期待专家、读者批评指正，希望将来有机会改正。

作　者
2020年1月